U0559279

主　　编　郑　亚　何　瑛
策　　划　李　浩
文物资料　仇志琴
编　　务　葛　玮　顾良辉　俞宽宏

左翼·文艺运动·文献丛书

丁玲小说手稿三种（影印本）

《梦珂》

《莎菲女士的日记》

《暑假中》

上海鲁迅纪念馆　中国左翼作家联盟会址纪念馆　编

上海文化出版社

图书在版编目（CIP）数据

丁玲小说手稿三种 / 上海鲁迅纪念馆, 中国左翼作家联盟会址纪念馆编. -- 影印本. -- 上海 : 上海文化出版社, 2022.7
ISBN 978-7-5535-2544-0

Ⅰ. ①丁… Ⅱ. ①上… ②中… Ⅲ. ①中篇小说－小说集－中国－现代②短篇小说－小说集－中国－现代
Ⅳ. ①I246.7

中国版本图书馆CIP数据核字(2022)第108122号

出 版 人：姜逸青
责任编辑：黄慧鸣
装帧设计：王 伟

书 名：丁玲小说手稿三种（影印本）
编 者：上海鲁迅纪念馆 中国左翼作家联盟会址纪念馆
出 版：上海世纪出版集团 上海文化出版社
地 址：上海市闵行区号景路159弄A座三楼 201101
发 行：上海文艺出版社发行中心
上海市闵行区号景路159弄A座二楼 201101 www.ewen.co
印 刷：苏州市越洋印刷有限公司
开 本：787×1092 1/16
印 张：10
印 次：2022年7月第一版 2022年7月第一次印刷
书 号：ISBN 978-7-5535-2544-0/I.988
定 价：168.00 元
告 读 者：如发现本书有质量问题请与印刷厂质量科联系 T：0512-68180628

出版说明

丁玲（1904—1986年），毕业于上海大学中国文学系。1930年加入中国左翼作家联盟，主编左联机关刊物《北斗》等。她是中国共产党领导下的中国左翼文艺运动中杰出的作家，通过创作小说、编辑刊物等，为促进中国左翼文艺运动的发展和扩大影响起到了巨大的作用。丁玲与鲁迅有密切的交往，为左翼文艺运动的发展共同战斗。她被捕后，未知明确消息的鲁迅曾作《悼丁君》以示纪念与抗议。

上海鲁迅纪念馆珍藏有谢旦如捐赠的丁玲《莎菲女士的日记》《梦珂》《暑假中》三种小说手稿。为纪念丁玲在中国左翼文艺运动发展方面的杰出贡献，并纪念丁玲首次到沪100周年、加入中国共产党90周年、长篇小说《太阳照在桑干河上》获苏联斯大林文艺奖70周年，上海鲁迅纪念馆、中国左翼作家联盟成立大会会址纪念馆联合出版本书，以作为馆藏文物学术研究、社会化转化的重要实践项目之一，为上海红色文化添彩，丰富城市文化的内涵。

上海鲁迅纪念馆

中国左翼作家联盟会址纪念馆

2022年1月

目录

序　在丁玲的文字与手稿中跋涉

丁玲《梦珂》《莎菲女士的日记》《暑假中》三件手稿系上海鲁迅纪念馆所藏二级文物，计137面[1]，作为文学名篇的原稿而散发着独特的魅力。今年，上海鲁迅纪念馆与左联会址纪念馆达成共识，决定将三篇手稿影印出版，以飨广大读者和研究者，加强文物资源的共享，推进左翼文学的宣传和研究。

犹记2016年鲁迅逝世80周年，馆里为推出品质出版物，进入文物库房提看一批馆藏中国现代作家手稿，我这才有幸匆匆一观丁玲、茅盾、朱自清、巴金、叶圣陶、臧克家这些杰出作家的手稿，那些落在泛黄旧纸上的字迹，传递着书写者的思考、情感与个性，也让这些在历史中熠熠生辉的故人得以“重生”——或许，这正是他们的手稿比本来就极为精彩的作品更有魅力的地方。

2021年，鲁迅先生诞辰140年，馆里举办了“前哨——鲁迅居上海时期手稿展”，并举办了鲁迅暨现当代作家手稿学术研讨会，会议期间安排了馆藏名家手稿的观摩。博物馆学术侧重文物本体研究，借助专业研究力量让文物藏品“说话”是很有意义的，正如观摩期间，复旦大学的郜元宝先生精读鲁迅《故事新编》中《理水》等手稿，发现颇多历史细节，并以极快的速度写就一篇专业论文；而华东师范大学的陈子善先生则对丁玲的几篇手稿反复揣摩，并惊呼——你们居然有丁玲成名作《梦珂》的完整手稿！不得了啊！上海不仅要研究张爱玲，也要更加关注研究丁玲。这些专业大家研读手稿的热烈反应，也促动我们，要通过更为合理的方式，把珍贵脆弱的馆藏纸质文物，在深藏库房、偶尔展览、节选出版之外加以保存和传播，比如全文影印出版。

馆内研究室同仁力劝我为这本书写序，在鲁迅研究、作家手稿研究方面，我还有很长的路要走，为了不负所托，只能先拾人牙慧地罗列三篇手稿的基本信息：

《梦珂》，丁玲文稿，44页，纵20.1厘米，横25.4厘米。《梦珂》为丁玲处女作，1927年秋完稿，同年12月10日发表于《小说月报》第十八卷第十二号，1928年收入短篇小说集《在黑暗中》。谢旦如捐赠，二级文物。

《莎菲女士的日记》，丁玲文稿，26页（正反52面），纵16厘米，横20.3厘米。《莎菲女士的日记》为丁玲第二部小说作品，初次发表于1928年2月10日的《小说月报》第十九卷第二号，同年收入短篇小说集《在黑暗中》。谢旦如捐赠，二级文物。

《暑假中》，丁玲文稿，41页，纵20.5厘米，横26.7厘米。《暑假中》为丁玲早期代表作，初次发表于1928年5月10日的《小说月报》第十九卷第五号，同年收入短篇小说集《在黑暗中》。谢旦如捐赠，二级文物。

1.《梦珂》稿，第9、10面上标示“9前”“9后”，故算作1面。

从时间上看，1904年出生的丁玲在发表《梦珂》时才23岁，紧接着的《莎菲女士的日记》和《暑假中》，间隔发表时间不过两三个月，特别是前面两篇，是曾被高度赞誉的代表作。速读《梦珂》之后，被丁玲笔下的年轻女性震惊，来自没落“贵族”家庭的梦珂，孤身在上海奋斗。历经学校、姑母家、圆月剧社三个地方的磋磨，在暗黑时代的冲击下，曾经充满热情的年轻知识女性从抗争走向失意、逃避、隐忍并最终沉沦。丁玲的洞察力、思想性、文字驾驭能力，穿透历史的阻隔，向读者奔涌而来。再反观《上海鲁迅纪念馆藏中国现代作家手稿选》中《梦珂》手稿四页与《莎菲女士》手稿六页，亦能看出不少趣味。比如丁玲的字，小巧秀丽且布局整洁，与其文字风格的奇崛惊艳形成反差。又比如《梦珂》一文被编辑大幅度或长句涂抹修改相对较多，而《莎菲女士的日记》则更多为个别字、词的圈点修改，这是作品的趋于成熟还是丁玲文坛地位的上升抑或是编辑的标准差异，如果追索，多少可以探究出更多的历史信息。还有《梦珂》标题下方的作者原署名被涂去，经研究室同仁协助辨认为“遊璘”，这是丁玲极少使用的笔名，而明显字体硕大的落款“丁玲”究竟是谁之手笔，为何选定使用“丁玲”，也激发兴趣以再做求证。再比如《莎菲女士的日记》篇名下署则为字体风格一致的“丁玲”，是否说明作者已对“丁玲”欣然接纳而不做他想？不过是翻看了原先出版物中的几页手稿，却让浅陋的我发现这么多可以探究之处，那么把三篇文章手稿完整地影印出来，让更多的研究者研读求证，无疑对研究丁玲，研究丁玲作品，研究丁玲作品所反映的时代，研究丁玲及其作品对左翼文化的影响与作用，都能拓展出更为广阔的天地。就仿佛，有更多的志同道合者，可以在由丁玲文学作品与其创作手稿构建起来的崇山峻岭之中跋涉，充满艰辛，也充满乐趣。

而我们馆之所以能够收藏丁玲的手稿，则得益于谢旦如先生。谢旦如（1904—1962年），上海市人。20世纪二三十年代从事进步文化工作，曾先后开设过西门书店和公道书店。1921至1929年，与进步文化人士创建“上海通讯图书馆”，担任执行委员；1925年参加“湖畔诗社”，出版进步诗集和刊物；1930年参加“自由运动大同盟”，并参加“左联”的活动，与友人合编《出版月刊》，介绍“左联”的进步书刊；并于1931至1933年间先后两次在自己家中掩护瞿秋白夫妇，时长一年左右，并与鲁迅有过交往。抗日战争期间，参加抗敌救亡的文化活动，协助许广平编辑鲁迅翻译的《译丛补》及《鲁迅全集》的出版。国民党统治期间，在严重的白色恐怖下，曾冒着生命危险，保存鲁迅手迹、革命烈士手稿、书信、遗物、照片及革命文艺刊物等，其中较为珍贵的除了鲁迅、瞿秋白等人的手写借书单、文稿外，还有丁玲的这三篇手稿。这些经由谢旦如先生义无反顾殚精竭虑保存下来的革命文物，被他在上个世纪五六十年代陆续无偿捐献给了上海鲁迅纪念馆。谢旦如先生于1950年任华东文化部研究室副主任，1951 年调上海鲁迅纪念馆负责筹建工作，1957 年任上海鲁迅纪念馆副馆长。从出身优渥的富家子弟，到投身革命文化，再成为上海鲁迅纪念馆的副馆长，与丁玲同年出生的谢旦如，在人生历程上与丁玲有着某种精神上的契合。

今天，我们将由馆内前辈不惜代价保存下来的丁玲手稿毫无保留地影印出来，供社会公众使用，也是对谢旦如先生的最好纪念。

鲁迅、丁玲以及谢旦如们投射在手稿文物中的民族精神，永不磨灭。是为序。

上海鲁迅纪念馆馆长

郑亚

2022 年 6 月 15 日

丁玲小说手稿

三种

梦珂

丁玲文稿，44 页，纵 20.1 厘米，横 25.4 厘米。

《梦珂》为丁玲处女作，1927 年秋完稿，同年 12 月 10 日发表于《小说月报》第十八卷第十二号，1928 年收入短篇小说集《在黑暗中》。谢旦如捐赠，二级文物。

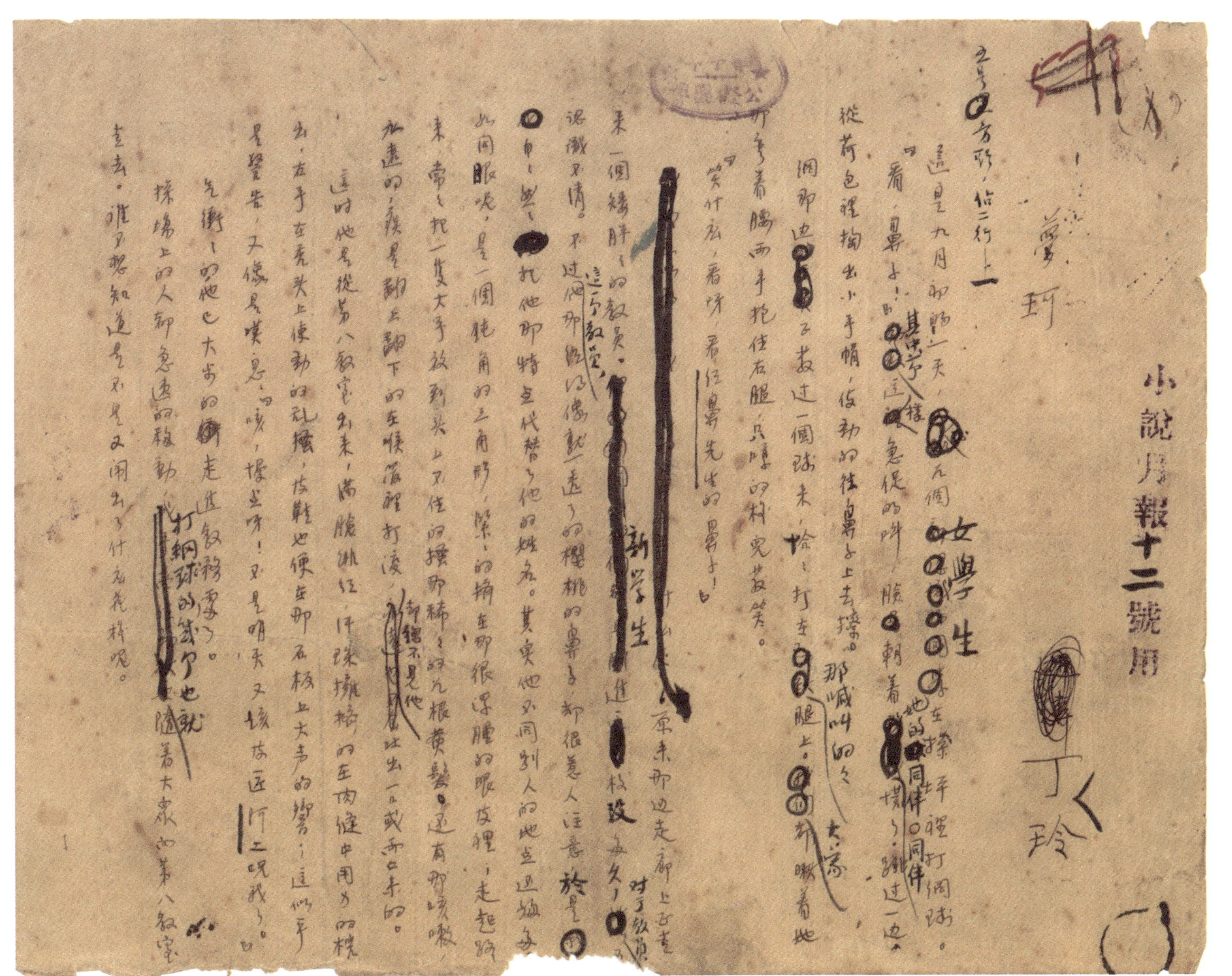

小說月報十二號用

五號O方形，佔二行上

夢珂

丁玲

一

這是九月初的一天，幾個女學生在操坪裡打網球。

"看，鼻子！"急促的叫，臉朝著同伴，跳过一边。

從荷包裡掏出小手帕，很敏捷的往鼻子上去揩。

個那邊發过一個球來，恰恰打在腿上。那喊叫的人大家都瞅著她

笑什麼，看呀，看紅鼻先生的鼻子！

抖著臉兩手抱住右腿，只嚷的材究發笑。

原來那边走廊上正走進一校役，多久

認識不清。不过因那形貌便像就一逑了的櫻桃的鼻子，卻很惹人注意，於是

把他那特点代替了他的姓名。其實他不同別人的地点还極多，

如同眼睛，是一個鈍角的三角形，緊緊的擠在那很深腫的眼皮裡；走起路

來，常常把一隻大手放到頭上不住的攪那稀稀的幾根黃髮。還有那喉嚨，

永遠的痰是踢上踢下的在喉管裡打滾，卻總不見他吐出一口或兩口來的。

這时他是從第八教室出來，滿臉紙紅，什麼擁擠的在肉縫中閃出的模

出。左手在禿頭上使勁的亂擾，皮鞋也使在那石板上大聲的響，這似乎

是警告，又像是嘆息，"唉，壞東西！又是明天又該去匠所上吼我了。"

先衝衝的他已大步的走進教務處了。打網球的人們也就隨著大家向第八教室

操場上的人都急遽的移動，

走去。誰又都知道是不是又鬧出了什麼花樣呢。

(2)

「是怎么一回事呢？」一个女生搶上前把画门扭開。大家便一哄的挤了进去。

室内三個五個人一起的在輕声的唏嘘着，抱怨着，咒罵着……靠帳幔边，在鋪有绛红色天鵝绒的矮榻上，有一個还沒穿好衣服的模特儿正在無声的揩眼淚；既已看見了这一羣闖入者的一些想偵求某種了真的眼光，不覺又陡的倒下去伏在榻上，肌肉是在一件像蝉翼般薄的大衫下不住的顫動。

「喂，什么事了？」扭開門的女生問。個个也沒回答，都像被什么骇得嚇着了的一樣，只無声的做出那苦悶的表情。

挨牆的第三個画架边，站的有一個穿黑長衫的女郎，默默的楞着那对大眼，冷冷的注視着室内所有的人。等到她慢慢的把那一掛濃密的睫毛一蓋下，就開始移動她那直立的像雕像的身驅，走近去捧起那模特兒的头来，緊緊的瞅着，於是那半裸体女人的眼淚更大顆大顆的流了。

「揩乾！揩乾！值不得這樣傷心呀！」

她一件一件的去替那姑娘把衣穿好，正伸过手去預備撑起那身驅時，誰知那人又猛的撲到她怀裡，一声一声的哭了起来。

好容易才又扶起那亂蓬蓬的头，雖説止了哭声，但还在抽抽咽咽的喊：

「这都是為了我們……你，……我真难过……」

「哩！这值什么！你放心，我是不在乎什么的！把眼淚揩乾，讓我来送你出去。」

當她們还走不到几步，從人羣裡便搶上一個長髮的少年，一面打着招呼，一面便向她述説他不得不請她慢些走的理由，因為他很傷心……

(3)

了的發生。他很能理解這了的內幕，所以他想開一個會議來解決這問題。同時又有六七個人也一齊在發表他們個人的意見。聲音更雜鬧得了像爆豆豆樣，誰也聽不清誰的。但她卻在鬧聲中大叫了起來：

『好吧，這時候你們去開什麼會議吧！哼！……我，我是要說爭什麼的。我走了！』於是她挾著那從人叢擠出了人眾，急急的向教室門走去。

教室裡更要次序的混亂了。

『喂，誰呀？』

『三級的，夢珂。』

兩個男生夾在人聲中也這樣的低說著。

以後呢，依舊是非常平靜的又過下來了。只學校裡再沒見著夢珂的影子。紅鼻子先生還是照樣紅起一個鼻子在走廊上踱去又踱來。直過了兩個月，才又另雇的一個每星期來兩次，一月拿二十塊錢的姑娘，是代替那已許久不曾來的，上一個模特兒的職務。

夢珂她是一個退職太守的女兒。當太守年輕時，他生得確是漂亮，又善於言談，又會唱戲，又會花錢，從起身到睡覺，都耽在花廳裡。自然有一般時下的詩人之士，以及販古董，字畫的掮客們去承奉他，終日陪酬走馬。直到看看快把祖遺的三百畝石田花完了，沒奈何只好去運動做官。靠了費中過一名舉人，又有兩個在京的父執，所以毫不困難的起始便放了一任太守。原想在兩三年後再調好缺，誰知不久就被革了，原因是受了朋友的欺騙，在不知不覺中做了一點被牽涉到風化的事。於是他便在怨恨，悲憤中灰起心來，從此規規矩矩的安居在家中，忍受著許多不適意的節儉。但不幸的事還毫不容情接踵的逼來，第二年他妻子便難產中

(4)

遺下一個女孩死了。這是他在十八歲上娶過來的一個老翰林的女兒，雖然說也是按照中國的舊例，這婚姻是在兩個小孩還吃奶的時候便定下的，但這媳婦卻因了在母家養成的驕傲性格，和一種自視非常高貴的心理，所以從未為了他的揮霍，他的游蕩，以及他的外來的妻妾而又易怒的神經質的脾氣發生過齟齬。他自然是免不了那許多痛心的嘆息，和眼淚，並且終身便在看護她那唯一的女兒中，夾着些憂煩，慢慢地也就蒼老了，在那所古屋裡。

這個女在自然的命運下，伴着那常常喝悶酒，常常罵人的父親一天一天的大了起來。長得像一枝蘭花，戰巍巍的，嬌伶伶的，面孔雪白。天然第一步學會的，便是把那細長的眉尖一蹙一蹙，或是把那生有濃密睫毛的眼瞼一瞌下，就長聲的嘆息起來。不過，也許是由於那放浪子的血液還遺留在這女子的血管裡的原故，所以同時她又很像她父親少年時的狂放的笑，和急於去煽動那美麗的眼。只可惜現在已缺少了那可以從揮霍中得到快樂的東西了。

她在酉陽家裡曾念過好幾年書，也曾進過酉陽中學。到上海來是兩年前的事。為了讀書，為了想借此重振家聲，她父親不顧老人家嘆息，送別他的獨女，叮嚀又叮嚀的把她托付給一個住在上海的她的姑母，他的堂妹。

這天當夢珂把那古樸精究的姑娘送出校後，自己也就跳上一輛人力車。直轉了十來個彎，到福熙路民厚里，最後末的一家石庫門前才停了下來。開門的是個五十多歲的娘姨。一見夢珂便滿臉堆下笑來，仰起頭直喊：「小姐，小姐，客來咧。」樓窗上便伸出一個頭來：「誰呀？珂妹，快上來……」

這是夢珂最要好的朋友勻珍，她倆在小學，中學都是同在一塊兒過

(5)

書。現在呢，當夢珂到上海不久，白鷺的父親也把白鷺同她的母親、弟弟一股兒搬到上海來了，自然是因為他的薪水加多了的原故。自白鷺搬來後，夢珂也就照例的每星期六來一次，星期下午才又回校，雖然她姑母家裏卻要間三四個月才去打一個轉，所以她來上海兩年了，還不很能同表姊妹們厮熟，而白鷺家是更親近的像自己家裏一樣。

白鷺是正在替她父親回一封朋友的信，所以聽見門響便問夢珂今天怎麼會有空來，是不是學校又放假。並請她坐，還接著說："只有兩句了，等一等好嗎？"既然沒聽到答應，於是趕忙去下筆，一面把頭抬起："不寫了。怎麼啦，你不好過嗎？"

夢珂始終沉默著。

"唔，不知又是同誰嘔了氣。"照平日的經驗是猜不過她，只要一猜便猜中，所以雖然說已明白，心裏卻不肯說穿，只逗著她說一些不相干的閒話。

把臉收到手腕中靠在椅背上去了，是表示不願聽的樣子。

明白這意思，又趕快停住口不說。

白鷺的母親也走來問長問短，夢珂看見那老太太的親熱倒不好意思起來，也就笑了。到晚上吃麵時，老太太看到那像樣的，新樣的菠菜麵，便不住的念起鄉來。是的，雲陽的確不能拿上海來相比，雲陽有高到走不盡去的峻山，雲能在山腳邊蕩來蕩去，從山頂流下許多泉溪水，又清亮，又甜，當水流到懸岩邊時便一直往下倒，一倒就是六十丈，而注卻只到一二十尺，響聲在對面山上也能聽見，樹呢，總有許多數不清的二三十人圍攏來還不夠大的古樹。算來江西也可以修一所上海的一樓一底的房子了。老太太不住的說，白鷺的父親摸著鬍子微笑。毛子，白鷺的弟弟，卻是

(6)

不住了：

『瀋陽哪裡有那這樣好的學校呢，並且也沒有這樣好……』

老太太，這自有她的見地。本來，瀋陽是不如那好學校的，並且瀋陽的聖宮——中樑故址——是修的如畫如室的，正殿上的横樑總有三尺寬，柱頭也像樣子大吧，便是殿前的那一座臺階，五六十級也就夠爬了。嘍，準備你那學校的欄杆，看是多么寬，孤子子的站在樓梯角上，比起我們祠堂裡的來像個什么東西，來也你們忘記了想想看。好高，從那桐小樹的横枝上墜下來，足足總有五六丈，上面的葉子，也斗大一片片的，底下從不曾有過太陽光。小孩子在那裡蕩着時，才算標致。你大爺在時，還常常打劍，這就伸手摘那些杈這來的桂花，桂樹有花，至少也可以抓下一把來，底下看的人便搶着去撿花兒。

小兒還該記得吧！』

白巧眼望着天說，含含糊糊的在答應。

夢呀因此却使起許多過去的景象。彷彿自己正穿着銀灰竹布短衫，躲在光洞裡看西廂，一群男孩子，有時也夾些女孩在外邊滿頭捉蟋蟀，等到天晚了，這許多泥濘的腳在洞外便跑了過去，她就走出洞來，剩着甚麼回去。么姑娘——看名稱總夠年輕吧——小孩們有時是叫么媽的，這么媽是曾在她家做個三四十年的老僕，如今倒是坐在朝門外石礅上等着她。

『快進去，太太在找你呢！』

先要把書塞給么媽，是怕爹看見了罵人。爹一聽到轎廳門響，便在廂房裡問道：

『是夢兒吧，怎么才回來？』

於是么媽就忙了起來，喊三兒——么媽的孫女——去給姑兒打臉水，

（7）

四儿去催田大的饭，自己就去灌酒，常々把酒从酒罐里舀出酒倒进壶里去，却漏满了一地，直到吃饭的时候，才知道是个空壶，父亲和梦珂都大笑，三儿四儿也瞅着好々好笑。被笑的就不理酒，咬着嘴跑到外面坪上去唤鸡。三儿才又留一壶酒来汤着。

喝酒的时候，两人便说起梦话来。父亲只要再有像从前的那来一天，等到昔日那般的朋友又忘形的向他恭维的时候，然后自己尽情的去辱骂他们。来一番这许多年来此处的人情的苦味……梦珂是只顾意把母亲的坟墓修好，等得正像去年上此看见的一样，许多远便要拂起石人石马，一对一对的……——末了，父亲发起气了，专想找别人的错处的骂人。有时态度也会很温和的，感伤的，把手放到女儿的头上，摸那条弯曲々的长辫子，嘆声的说："梦，你长得越像你母亲了。你看你，是不是？近来又瘦了……"梦珂抱着便把手遮住眼睛，靠在父亲的膝盖上动也不动。

一到雨天，梦珂便不去上学校去。这天父亲就像小孩般的高兴，带着女儿到花厅上——近来父亲一人是不去的——去听雨。父亲又一定要梦珂陪他下棋，常々为一颗子两人争吵都红起脸来，结果，让步的还是父亲。

想到父亲那红着脸只朝着她撸胡子的样儿，她不觉的微笑了。白璐轻々推了她一下："笑什么？"

望着白璐更兀自好笑。那梳双丫髻的白璐的影儿在眼前直恍。还有王三，表大，自己二伯家的二和大，那人在一块时，总喜欢学那起男孩跳到后山竹园里摘竹尖。常々自己揺到半路便在一棵大树上溜了

（8）

下来，却爬到榆树上去，并且摇起大树子去打马路的丫髻，尤其好欺侮猪八戒，这是她给表大的诨名，但表大却顶同自己要好，这自然是因为又常常护着她的原故，便有趣还是跟着么妈偷一篮芋头几人跑到山嘴上一棵大松树下烧来吃。拣毛栗，耙菌子……现在想起这些来，却像梦一般了。还有那麻子周先生，讲起故事来多么有味，辫子在胸上拂来拂去的……

越想越烦恼，什么了又都像的确在眼前一样，连看牛的矮和尚，厨房四大，长工们也更为亲热了起来……最下插的还是么妈，三爱的儿……爹爹的铁青般脸，自己的长辫，银灰竹布短衫……

刚剩她和马路两人时，她便把脚伸到马路的椅栏上去，先喊了一声“马路！”

“梦，想起什么了？”手慢慢伸过去，握着。

“马路！”

“……”只把手紧了一下。

“我厌倦了学校生活。”

“累些是同人怄了气？”马路还是不说出，只默默地望着她。

“我想回去，每一人在家一定寂寞的不像样……还有表大她们都要念我……”

马路心里却想：自己也常常忘记了家的。呀，表大，人家都快有小孩，谁还会同你说……”

跃去她听了马路劝她的不要回去的许多话，她又犹豫不决，真的现在要去是再也没有人同她满山满岭的跑，谁也不会再去捉鱼，谁也不会再去採映

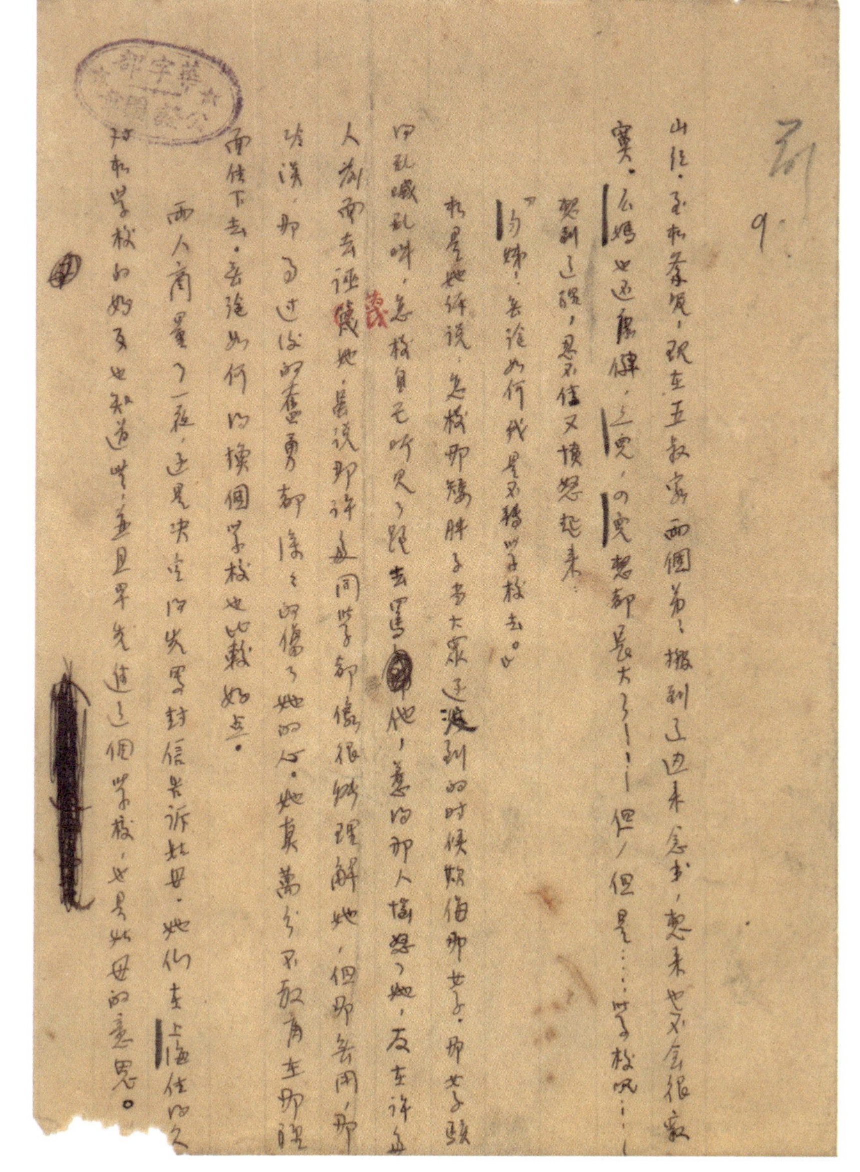

山住。至于我家呢，现在五叔家两个弟弟，搬到这边来念书，想来也不会很寂寞。父妈也还康健，这儿，那儿想都長大了！！！但，但是……学校呢……！

想到这里，是不住又憤怒起来：

「為什么！無論如何我是不轉学校去。」

我是她併說：怎樣那矮胖子当大家还没到的时候欺侮那女子。那女子駁回亂喊亂叫，怎樣自己聽見了跑去罵他，怎的那人惱怒了她，反去許多人為的去誣衊她，甚說那許多同学都像很能理解她，但那多用，那謠言，那過份的卑勇都深深的傷了她的心。她真萬分不敢再去那學而住下去。無論如何要換個学校也比較好点。

兩人商量了一夜，还是决定的先寫封信告訴她母。她們去上海住的父我们学校的好多也都知道些，並且早先進这個学校，也是她母的意思。

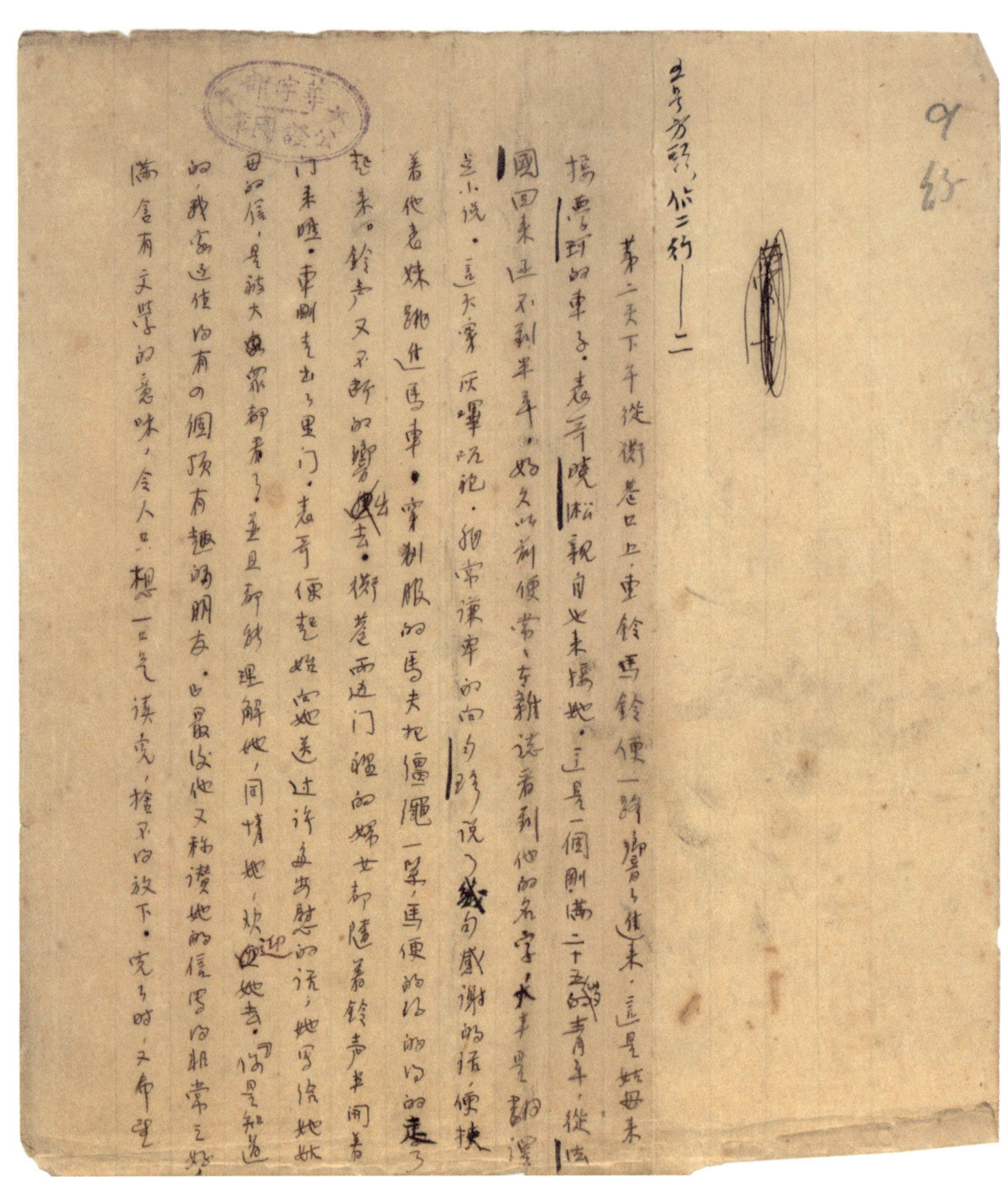

土宇方舒，第二行——二

第二天下午從衖巷口上，重鈴馬鈴便一路響了進來，這是姑母來接凌瑤的車子。表哥曉崧親自也來接她。這是一個剛滿二十五歲的青年，從法國回來還不到半年，好久以前便常常在雜誌看到他的名字，本來是翻譯些小說。這大家庭嘩啦啦，很常謙牢的向她說了幾句感謝的話，便挾着他表妹跳進馬車。穿制服的馬夫把韁繩一緊，馬便的的的的走了起來。鈴聲又不斷的響出去。衖巷兩邊門裡的婦女都隨着鈴聲出來看着門來瞧。車剛走出了里門，表哥便想起姑母給她送過許多安慰的話，她寫給她姑母的信，是說大家都看了，並且都能理解她，同情她，歡迎她去。"你是知道的，我家這位內有の個很有趣的朋友。也最後他又稱讚她的信寫得相當之好，滿含有文學的意味，令人只想一口氣讀完，捨不得放下。完了時，又希望

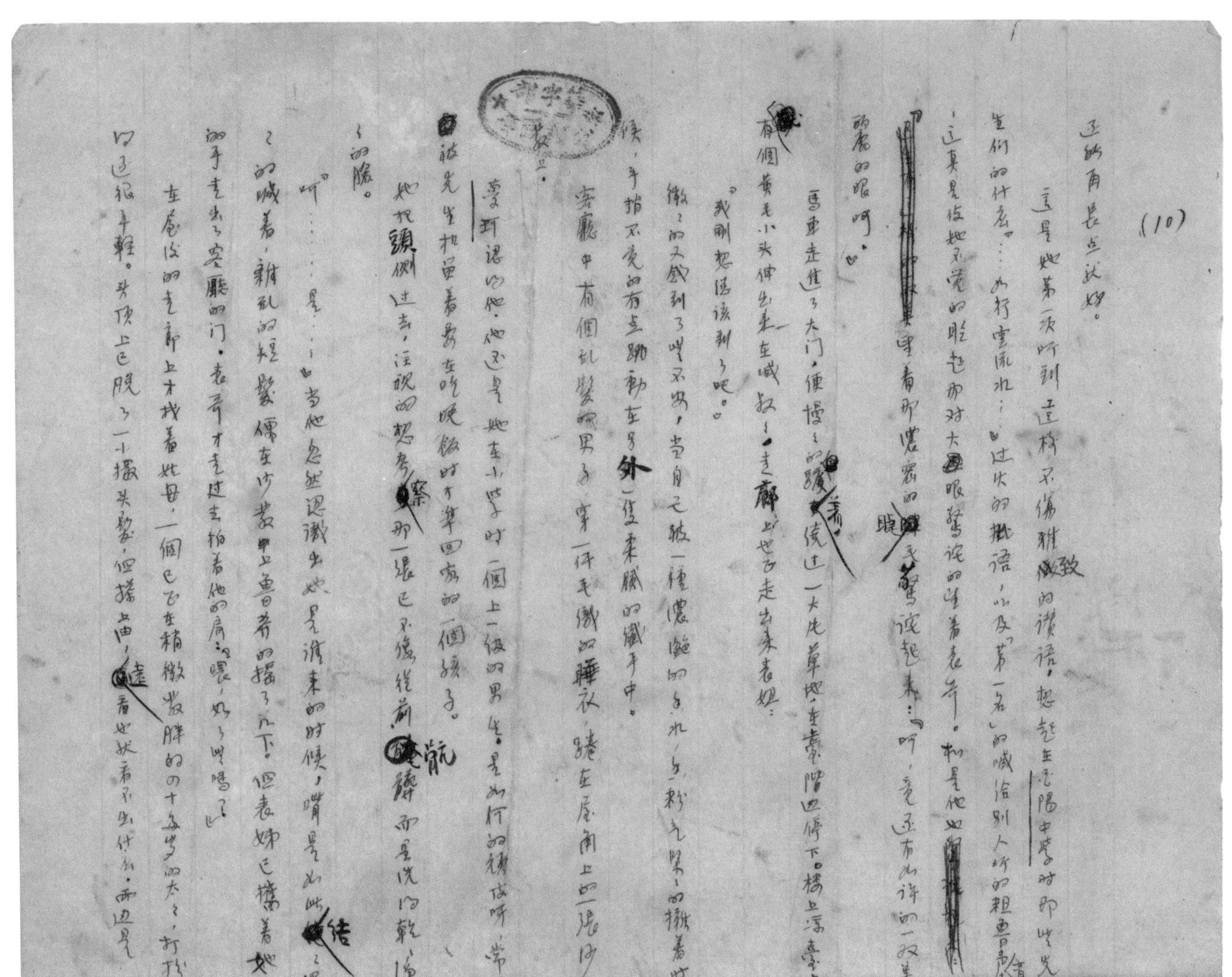

(10)

还她再长点就好。

这是她第一次听到这样不伤雅致的赞语，想起在飞阳中学时那些先生们的什么"……如行云流水……"过火的批语，以及"第一名"的喊给别人听的粗鲁聲音

"这真是使她不觉的脸起那对大眼惊诧的望着表哥。

望着那尴窘的眼光，惊诧起来："呀，竟还有如许的一双美丽的眼呀！"

马車走进了大门，便慢慢的绕过一大片草地，在台階边停下。楼上凉台上有個黄毛小头伸出来在喊叔叔，走廊上也已走出来表姐：

"我刚想您该到了吧。"

微微的又感到了些不安，当自己被一種濃鬱的香水，香粉气紧紧的擁着时候，手指不觉的有点跳動在另外一隻柔腻的纖手中。

客廳中有個乱髮的男子穿一件毛織的睡衣，蹺在屋角上的一張沙發上。

蒙斯很同她，她还是她在小学时一個上一级的男生。是如何的稀依呀，常常被先生扣留着要在吃晚飯时才準回家的一個孩子。

她把頭側过去，注視的想察看那一張已不像從前黝黑而是洗的乾乾净净的臉。

"呀……是……"当他忽然認識出她是谁来的时候，嘴是如此结结巴巴的喊着，新乱的短髮便在沙发背上鲁莽的摇了几下。但表姊已携着她的手走出了客廳的门，表哥才走过去拍着他的肩："喂，好了些吧？"

在屋後的走廊上才找着姑母，一個已在稍微发胖的四十多岁的太太，打扮得还很年轻。头顶上已脱了一小撮头髪，但搽上油，遮着也就看不出什么。两边是

（11）

攏成鬅頭形，蓋住一大半耳朵，拖着繡花脚的緞子長裙，走路時便會發出一種綷綷沙沙的響声。這时是刚從厨房吩咐怎樣的做法去做燒鴨子轉來，微帶点疲倦把眼皮半垂着，躺在一張搖椅上，椅子便在那重的身軀下緩緩的，吃力的搖着。走廊那端有四個人圍着一張小圓棹在玩撲克。

梦珂一看見姑母，却裝成快樂的樣子叫了進來，這大約是由於她明白，她懂得她父親的嘱託，懂得自己一人独自在上海时，一切是只得依着姑母的話，就說自己是只想暫住在這里玩玩。

姑母也給了她許多安慰的話，要她不要着急，等明年再去考學校，還有件事，就是要練習圖畫时，等下還可以給你介紹一個教習呢。

大哥哥倆口子早就丢了撲克跑過來。表嫂非常湊趣，搶着姑母便說：

「可不是，我們家又更熱鬧了呢。」扭过头去嚷，「楊小姐！我可不希罕你，你賞罷四去。」搖着又向着的笑。那穿黄条紋洋服的少年，從牌邊跳過來也附和着笑。

可是楊小姐呢，正在狂熱的在搖着梦珂的手，並把左手抱着她的肩膀：「啊

梦妹，梦妹，好久不見你了啊！……」

這熱烈的表示又微微的駭了她一下，但竭力要保持那原有的態度。「啊，是的，好久不見了，是的……」於是又張開那驚疑的大眼望着。

表嫂給她介紹了那學堂裡的學生，那穿黄条紋洋服，戴寬边大眼鏡的。挺着那高大的身軀，在那的面頰上老是現着微微的笑，不待聽他說話的腔調，一眼便可認出這正是個北方的漂亮的男子。

不久行李也從學校搬來了。梦珂独自留在特為她收拾出的一间房子裡，心裡擾擾的跪在窗台前，模模糊糊的回想適才的一切。客廳，地毯，廣長的衣襬

花，红嘴唇……，便都在眼前舞蹈起来。為想將思想去打断这思想，就手撑在窗臺上，伸着头去看楼外的草坪；阳光正跑到圆圈的一小角上去，隔壁红楼上一排玻璃窗子张张的反射出刺目的金光。汽车的喇叭声，不断的从远处送来。及至反身来，又只看见自己的两只在箱堆乱的，无声的，下垂的摊在那边梳妆台上，大张着口朵朵的朝自己望着。於是她不觉的又倒在靠椅上。一双手便盖到脸上去，忘忘的心又移到了那渺茫的将来。

夜晚呢，她更是不能安睡的辗转在她的那张又是又软的新床上，指尖一摸触到那天鹅绒的枕头，便回味到那一切精致的装饰，漂亮的面孔，以及快乐的笑容……

她像这都是能使她把前两天的一场气忘清失的很像，而只一般的来领略这所从未享受过的物质的享受，以及这一些所谓的朋友情谊。但实实在在这新的环境却只扰乱了她，扰乱了她，当她回想到自己的那些勉强装出来的样子，假作真像是非常自然的夹在那男女中笑谈着一切，不觉羞惭的把眼皮也闭上了。过後才又看起许多「不得已的理由」来宽恕了自己，原谅她做出来的那些丑态。但晚她睡却不敢真的便把那一点据心放下。如此的翻来覆去的，她幸在都不能睡着。真的，想起那自由的，坦白的，真情的，广告厦饰的生活，渐渐有点转到童时。"猜透这种的人都是不坦白，不真诚……"只最后只好归怨到自己。为什么自己不忠实的去了解这些有的人。

"他们待我都是真好的……"只在这样默念中，才稍稍会了点快意睡觉去。的。谁知道这家的是谁也喜欢邀她的：第一是表妹提议到她的那件黑绿绒长袍样式已过时，想当还长些，并且也太了，衣料更觉得太粗，所以第二天一清早便把自己刚做好的一件咖啡色绒绸的夹袍送来。她也只好穿了别人的

（13）

好意。要说她一走路便感觉到十分不适意，那窄小的鞋像缠缚的绊着脚背，便是那质料的柔滑，光泽也使她在人前时会害羞得举止倒呆板起来。尤其当她忘记了快跑走时，那珠边很鲁莽的就碰在楼边或门缘，她又得急速的改变那走路的姿势，心就去惦记着那珠子怕的又插碎了几颗。

澹明，一個专门学校的图画教员，在她来的第一個晚上便得知道了是一個在学习绘画的女子，并且那明眸，那削肩又给了他许多异趣，也就清理了几本顶好的是从法国带回来的裸体同风景画给她。她自然非常珍贵的把来放在特为她安置的写字台上，一便无事时翻来看。

两天常同表嫂陪姑母谈话，当表姊们上学去时，后来又在她们处学会了扑克。倦了就找丽丽（表嫂的三岁的女儿）玩。晚上无事躺在床上把在晓淞处借来的几本小说从头到尾的细看。晓淞又特买了一盏杏黄色小纱灯送她，这是可宜于放在床头小几上的。

时光是箭一般的逝去。梦珂的不安也就随着时光逝去。慢慢也就放心放胆的过活起来。并且她是比较又习惯了些这曾使她不敢接近的生活。

晚餐后是一天顶热闹的时候。大家总得齐集在客厅里，那学经济的北方先生便放开嗓子唱起皮黄来。韵心同澹的杨小姐和表姊也就打起来锣的小声，跟着那椅打处滚。晓淞同澹明常常述说着巴黎的博物馆，公园，戏院，饮食馆……梦珂总是极高兴的听着，有时也插进些问话。自己又在心的去追那幼小时的同学坐着，希望能又找到一个可以重覆

（14）

再談着過去的一些事了的人，當又沒有同匀珍在一塊的時候。在第四夜，這談話終於間斷了。

『我想你會不很記得了，我是錢和夢如同班，在丹陽縣立高小時。』

『怎麼，會不記得你「丙丙」！』

『早就不叫這個名子了。「雅南」是在中學時就改了的。』不好意思的笑着。又露徽出一些故人不忘的得意。『近來夢如她們呢，還好吧？』

『我大姐嗎，前年就嫁到泰州。近來二個月一想起她時就哭。你是幾時來的呢？』

『上月才從南京到這裡，為了學校不好住。如果我早知道你也在上海，又同他們有親，那我早就去訪你了。親戚，如若不是為了也有這些麻大些親時，我也不會住在這兒，也不會遇見你……』

於是每在他們總坐在一張長背椅上，講着五六年前的一些故事了。但當雅南有些諷刺的影射到這家裡某人時，夢珂便把眉頭一蹙：『呀，九點半，我要去休息了。』或者便驚詫的問着：『表姊呢？表姊在那兒呢？』於是話題來離了客廳。雅南微微感到失意的頭又縮進睡衣裏，躲在一號團，默默的聽其餘的人談講音樂，跳舞，戲劇，電影……等到大家要散的時候，他才一步一步挨回自己的房去。

很明顯的表姊是不歡喜雅南。有一天晚上，當她剛離開客廳的時候，表姊便也隨着她出來。一手附着她的臂膀，兩人緩緩的踱上樓梯。

『夢妹，怎麼你們會說的那樣親熱？』語調裡似乎含着些微微的諷

『他是住在我們對門山上的。小時就同學。』

『老說老說從前，也無味吧。夢妹，你可以去同澹明談談，他真是

(15)

一個有趣的人。」

「我自然也是喜欢同他談話的。」

表姊把她送到房门边，依舊又很快樂的向她說着「明天見」。

过了几天她听了她們的意思，在澹明處拿了許多顏色，畫布，開始学起塗抹來。常常整天躲在房子裡照着那些自己所愛的花瓶，畫樓，橄欖着。望着那從窗戶裡看見的蔚藍的天空，對门的竹籬，樓角上聳起的樹……末後，費了四個鐘头才畫好一張也是從窗戶裡望見的景致，是園裡的一角，在那丁香花叢中撇出了屋頂的那草亭，前面的草坪中，麗晨之子在玩一個大球。自己看也覺的還滿意，於是就去送給表姊，楊小姐也搶着往樓下大家看。澹明第一個便說「好呀」！晓淞也給她许多鼓勵的话。於是她彷彿也覺得要起自己的天分來，從此更努力的作画，並且常常像先前一樣在自己房裡畫畫窗外的景致，或又畫畫自己的手和腳了。

晓淞又送了她一些画具和顏料，還有一個極精緻的畫架，把上一個三角十字。這自然更加增她出外写生的興味。晓淞又欢喜陪她，澹明也常常往學校請假。三個人便坐車到野外去，有时也画一兩張，有时因为談話談的太起勁，忘了画，便只把那帶去的一些罐头牛肉，……水菓，麵包，酒……吃完就回来了。但這個小小的旅行却始終很有趣味。澹明既是具有那天生的滑稽和情趣，表哥又是如此的温雅，体貼周到的像一個慈愛的母親，而夢珂真的便顯的非常天真非常的快樂，簡直像一個小妹妹的樣子了。

如同有一次，她正在晓淞房裡幫表哥換金魚缸裡的水，只聽見隔

(16)

隔壁房裡大家大閙，丟了全盘冲到瀅明房裡去，看見那守住廂的朱成
在着臉在嚷要回棋，瀅明呢，緊捻着那顆「車」笑，硬不給回。後來
還是听了她的調停，把「車」還給朱成，但說定以後是不准再回的了。於是她
也坐了下去。先走的都很平穩，這是因為瀅明想吃將軍把馬移过
去，卻不知不覺走进人家的馬口。朱成也沒看到，還以為自己危險，想了
半天才莫了一口氣把「將」偏了一步。瀅明還想再去吃馬，猛不妨夢斯伸出一
隻左手把瀅明的手壓住，右手便把朱成的那個馬吃了。口裡直叫「將
軍！明呢，莫動，我替你走。」朱成才知道自己吃了人家的馬，反倍人
家把馬吃了，並且自己的將軍口被又退回来，如果对面的一顆「車」再逼下來，
這盤棋便算完了，於是又嚷着要回。夢斯卻已把棋子亂了，縱声
的笑起来，瀅明也附和着這個意，並且很放肆的望着她，還大膽的說了
一些平日所不敢說的俏皮話，又使得她有好几天[illegible]的不敢去親近他。但
不久也就又好了，因为她願意自己再小孩一点，而他呢，也願意裝得更坦
白一点，便老成一点。

又是在一個下棋的夜晚上，她是坐在瀅明的对面。曉松是斜靠
她的椅背这坐着，很慇懃的要替她当顧问，時時把手從她的臂上伸出
搶棋子。當身軀一向前傾去時，微微的呼吸便使她能夠感到
暖暖的微癢，於是把臉偏过去。曉松便不可以看到她那眼睫毛的一排
陰影直拖到鼻梁上，於是也偏过臉去，想但看那灯影下的黑眼珠
並把样子又移过去。夢斯卻一心一意在盤算自己的棋，也沒留心到
对面還有一雙眼睛在窺視她纖長的手指，这個小小的秀秀的透着嫩紅
的指甲襯在一雙雪白的手上。皮膚也像是透明的一樣。瑩淨的

（17）

隐隐的辨出许多一丝一丝的紫色脉纹，和细细的几条青筋。澹明似乎是想到手以外的了，所以还要人催促才能动子。仿佛看着棋子过以为在这里的用心，而结果是输定了。于是她高兴的掉过脸去："很请你不要替我帮！二表哥，是不是我进步了？你看他老输！"表哥只是表同意的无声的微笑。输的也高兴，努力的去夸赞她。

棋还没下完时，杨小姐同表姊手牵手的走了进来。

"看我，梦妹！"杨小姐一进门便嚷。

"呵，美透了！"澹明走去便把右手伸给她。还在那束鸵鸟毛上嗅起来，这是在那一顶金色软帽上垂下的。嘴里不住的又在赞美那随着进来的香气。

梦珂是并不羡慕那一套漂亮衣服的，尤其是那件大红小坎肩，多么刺戟人的颜色呀！袍子也嫌太花，反不如表姊的那件玄色缎袍，上下边袍缘上一道织就的金色小浪花。但她却不得不慨她的赞谀，但又不知应如何说才适合。过了半天，她也重复的学着别人："呵，美透了！"眼睛便又放到那颜色不调和的脂粉的面孔。

"梦妹！这是大哥提议，也是他做东。据他公寓所的同乡说那新世界的黑姑娘的梨花大鼓，是如何的了不起。去，快换衣服去，你看他今夜那样的高兴呀！"

"不，"是不思索的便回答了，这是因为她一听到新世界，便连想到过去的一幕：是刚到上海没多久，同着几个同学去玩，受窘于一群挤眉弄眼的男子。

懂了梦珂眼光的询问的晓淞，是微微的笑着，退到一张躺椅上去看书。

(18)

是表弟不願出去的意思。表姊握着肩膀問時，楊小姐已一手拖着那还在遲疑的璐明折轉身去了："好，他們不去啦！我們找嘘嘘去。"

大表哥就自子來一次，但夢珂已上樓去了。

朱成已被他們吵醒了，在睡眼惺忪的忙着洗臉。

從窗子下面傳來汽車的喇叭声，知道大家已经走了。夢珂覺得有点烦悶，把袍子脫下，便走到凉臺上去吹風。這是二十五號的月亮还沒出來，織女星閃閃的在头上發出寒光。天河早已淡到不能辨出方向。清凉的風，一陣一陣去飄起她的头髮，让沈寂的夜色，悄悄的籠着她那種無邊的感動，真是慢慢的低下去，手心緊緊的按着額头，身体便無力的凭着石欄。

在這时，表哥無声的走上涼臺。

"着涼！夢妹！"一手是輕輕的附着她的臂膀。

看見了星光下的兩顆亮晶晶的东西在那双自己也愛戀的黑眼睛裡閃耀，忍不住便緊緊的握住那另外的两隻手。

夢珂更張大起一双大眼睛望着表哥笑了起來。

兩人挟着又走進房裡去。

表哥坐在一個矮櫈上看夢珂穿衣。在短短的黑綢襯裙下露出一双圓圓的小腿，從薄絲襪裡透出那细白的肉，眼光于是便深深的落在這腿上，好像还另外看見了一些别的东西。既至夢珂穿好了袍子时，他却很很的懊悔着適才自己不該催促她穿衣。這件寬袍直把腰间的曲線也給遮住，因为這樣倒不能不称許女人的袍子是應當要瘦小点才好。

"我不喜欢這樣，你瘋瘋的在想什么？"

竟不会感到困難，立刻他便想好了回答："夢妹！我是在想你——"

(19)

想你会不会荣意同我去看电影。今晚，卡尔登映演《茶花女》。

三年前梦珂便曾读过这篇小说的翻译本，那时还曾流过几次下泪的眼泪，既然现在正有这影片，为什么不去看看？真真哭哭的倒倒快，她去换衣。

走到楼梯边时，听见丽丽在哭，跑到丽丽房里，只见表嫂也在抱起眼睛。丽丽倒在小床头放声的哭。小手小脚不住的在空中摇舞。表嫂看见梦珂才抱过丽丽来，说是丽丽有点肚子痛。丽丽哽到了母亲怀里，哭却停止了，但听见母亲扯谎，便又使劲的用拳头捶着母亲的胸脯。梦珂邀她同去看电影，她姑妈却说为了丽丽的缘故，她不在家而辞谢了。

梦珂又去找杨南，据听差说，一吃过晚饭，南少爷就早走了。因此只剩了她和表哥，两人便走往那风车行去雇车。到卡尔登时，影片已开映了。由一个小手电灯做引导，梦珂紧攀着表哥一只手，随着那尺径大的一块光走去，直到侧面最末的一间包厢，才算坐着。表哥缠她坐好以后，自己也就轻轻移动了一下那小软椅才紧紧挨她坐下。

这时幕上正映着一团胖子，穿一件睡衣在那枕上翻来翻去。那枕子一时横过海面，一时又掠过高山，以来便在一座城市上打旋。梦珂心里正在疑惑：这又是什么玩艺呢？恰好表哥便凑过头来悄声的说：“还好，正片还没开始呢。”梦珂懒去看那胖子，拿眼睛便去寻找别的可看的东西。几盏小灯隐隐的在那音乐台上的蓝色纱幔里透出。上面和楼下望去一片是黑模糊糊的头出窜着人头的行条。隔壁包厢不时送过一阵阵的香味，皆以有个人放出小小的笑声，正谐和着那音乐的节奏，还不时用脚来踢出那拍子。

当刚映出那披黑色长裙的女人出现在那石阶梯上时，梦珂便专精注神的把眼光紧钉在幕上，一边体会着从前以看的那本小说，一边就真

(20)

了地那化身的女伶悲着茶花女，并且还去了擅那悲痛，像自己也是陷在同一命運中似的。

有时也会感到旁边正有一個眼光正緊釘着她时，便伸过手去。

『真動人！看呀，表哥！』

『是的，真動人！』这是他不能体会出那言外的意思的一句答语。

正是她看得有味的时候，忽的那音乐便停止了，灯球也燃了，强烈的光的射着，這是休息的时候。表哥便问她要喝点咖啡吗，她只默默地摇动一下头，神经裡还在挑画着那伶俐的大眼，瘦腰，那貪婪的笑容，舞態……

表哥已從擁擠的走廊中走出外面了。因为这電影院中沈闷的，昏热的空气实在不适他，在他那已被激動的感情上加了许多苦痛。他是知道得很清楚，在這個不很了解风情的女人面前，放肆了是只会窘了的。

食堂裡擁进许多人和小孩，卖糖果和卖香烟的地方顶热闹。

没有走動的一些男人，便從坐位上站起来，伸長起頸项在找他們的朋友，其实眼光卻又正在追隨一些別的，那裡肯给遺漏掉一個女人的影子呢。

女太太們總喜欢三人兩人地聚在一處，惜声的去评隣座太太們的装飾，眼光也常常從鬢边溜过去瞟下比較漂亮些的男人的面孔。有的又正在朝着小镜在擦粉，或攏整額上的短髮。

夢珂隔壁包廂裡，有一個意大利女人正和兩個有影须的男人在大声的笑，並且四周圍便给吸去了许多眼光。一隻大手是放挨到夢珂的廂壁上，指上还有一枝香烟，並帶有一個寶光四射的戒指。

表哥走回时，在隣座的銅欄边，还在向遠遠的一個人告別。

继续的又開映了。她竟在傷心處流下淚来，等不到演完就站起来就朝外

(21)

吉表哥随着她上了汽车，她默默靠在他伸过来的一只手上，腰肢便轻轻的偎那只手圈住。两人都无言的在咀嚼那沉静那各人心头的感动。

车刚停住，她就跑上自己的屋里了。

这时小马车也停在阶前的柏油路上，是姑母刚从李公馆吃寿酒回来。满屋依旧静静的，进新客来的，也是在动头上呢。

晓淞去陪母亲坐，请请那些拜寿的客人，以及那些铺张，……戏还和今夜的电影，看见母亲的眼皮撑不起时，便退出来。这时自己的神志却很清白了。想起梦妹只觉得孩气可笑，连自己适才的许多的昏迷思想动作也只能让自己来嗤自发笑，并怀疑。但梦妹是确算为可爱的，于是又细想那自己所欣赏的一些美处。

……这都是只要我愿意便行的！

想到这里，不自觉的现出那得意的微笑，脱下衣服，安安稳稳的去睡在那被里了。

梦珂这时是正回想到那电影，简直是爱上那银幕上的女伶了。那剧情和许多别的琐事都忽略过去，单单只牢牢的记着那女伶的一颦一笑，还和那彷彷彿彿的一种可悲的身世。这身世也只是那女伶的。于是便又去记忆那女伶的名字，但总记不起，想下楼去问表哥，又怕别人还在睡觉，只好留在明天打听，以便将来一有这可爱人儿的片子便去看。

翻来覆去老是睡不着，披起一件衣服，便又去摸出骨牌来过五关，但牌还没和好时，心似乎又懒散了，手一送，许多牌便跳到地上去了。回头看见圆桌上还有几个苹果，便又把那小高脚盘抱来放在桌上，一边吃，一边像想什么的把眼注视到灯罩，慢慢的等把三个苹果吃完后，从抽屉里拿出一个紫色

(22)

小说月报（乙）接上

金边的袖珍本，翻到直没有字的一页上，拿钢笔细细的写下去：

我漠漠一切荣华，
却会独自睡，在这深夜，
是为何想到她那可伤的身世

——————

正要写下去时，（但已听到）楼梯上的杨小姐在喊“蓉妹”的声音，忙忙乱乱关了灯，溜到床上装睡着。

“就睡了吗？蓉妹！”

她们这时同表姊两人却已站在她房门口，外面走廊上的灯光正射到她两人的身上。蓉珂眯着眼睛偷偷的看见她们，她们没有听到回声，随手又把门带关去了。蓉珂独自好笑，默想着不如此装睡，想想又要惹出许多麻烦。

隔壁的两人也睡不着，仿佛着那里姑娘的像貌，声音，还有那戏，顶有趣的要算那个闺女的“打花鼓”，那丑角的一些唱词，并且常常还夹上些英文。杨小姐学着那声音唱起来，什么“sorry sorry 真悲伤……”表姐也学着唱，“那个miss也不想……”的等等在“打花鼓”中学来的小调。

“嘿，嘿！你唱的些什么？多么难听！”

“这是学别人的。”

“其实那戏里还有许多都是骂女人的，那丑角也真惹厌！”

两人低着嗓门叽哩咕噜，在蓉珂却像催眠一样，慢慢地也就睡着了。

天气已一天冷似一天，蓉珂看见自己的旧棉袍已不暖和，想另做一件新的，并且那紫花洋绸的面子，杜蓝大布罩袍，都有些害羞拿出来了。表姊们出去时都披上斗篷了。自己只想花五六十元做件皮袍也就够了，凑巧，只就

（23）

在这几天竟一次汇来三万元，是知道她已住在姚如海家里，怕她要钱用，特为题拉地毅卖了一大半，凑足了寄来的。并说这次的寿第二年茅田出脱时才能有钱来，……但决不会多……——

她邀表姊同去买衣料，但表姊硬自作主替她买了一件貂皮大氅，两件衣料，和些帽子，皮鞋，丝袜等零星东西，一共便去了两万四五十元，表姐还在挑剔那些东西的坏处，说东西不如她们自己的那件好的手套，……——送了给她，梦珂还有些推过，表姊却想到在说时。说了一番，钱此刻已不多，便请她们吃了一顿大菜。

如此一天一天的混下来，梦珂竟把钱花完了。这是雅南问着她时，才把想起是四个星期不到学校里了。要去时又被雅南留住，因为雅南已决定第二天便动身回学校。在这最后的一晚上，他给了她一个深深的印象，在这还不很见过世面的女子心上。

当他两人从半淞园出来时，天已黑了，雅南是这样对她说：

"我介绍两个顶有趣的女朋友给你好吗？"

她是喜极了。

"她们都很了不起，你可以认识她们，她们将告诉你许多你不曾知道的事，和许多你应做的事。"

"真有这么一回事吗？那我们走吧！"

在一个里衖的后门进入，走进一间披满烟尘的后门，从房里传出来一阵粗，又大，又哑的歌声。厨房里有个十五六岁的小厮在低着头吃饭，肥满的灶上灶上的是许多偷油婆。雅南已走进客堂门，梦珂在前来丸窗边窗前，从房里那儿正有两对男女走，歌声便是从那睡在躺椅上的男人口唱出，他的半身又还被

(241)

一個穿短褲的女子壓着，她那粗声中还帶点喘。她揉前面的那一对，是揉抱住支吸低烟。蒙珂子不知想为何时，稚南已又回转来去等她。一边大声的喊着一個外國名字，这是蒙珂也不懂的。於是客堂(間)的灯光亮了，一個男女從门边跳出来！那穿短褲的女人双手握住稚南，用力的摇，口裡便又喊的"同志！同志！"的呼喊。稚南也竭力的回叙，手既不的空，只好扭过脸去接受了另外那個(麻臉)女人的一個用力的大吻。稚南替她介绍时，她已被这些從未讚經过的这樣熱情的，坦直，大胆的，粗魯而又淺薄的表情駭呆了。她捧着自己又只好機械的輪流撫着那伸来的手。跌了看见了那位遍生黑毛的大掌时，是不住也抬起眼光来，啊，这就是那唱歌的人：一对斜眼！看樣子，稚南最欽佩他們的。

堆满一桌子的只是些傳單，報紙，蒙珂去拖去做裝着看。耳裡忽然听的那斜眼人说什么："……明天開会时，自然可以通过。不过，要做個什么運動得有

"有的，学生運動，在太陽中学时。"是稚南的声音。

蒙珂奇怪了，張大起眼睛望着稚南，意思是问："见鬼吗，难道你们说的是我嗎？"

稚南回答她一個鬼臉。

斜眼的打量着她来：

"来上海不久吧？"並不等待别人的答話又接下去："你可以常常来此地玩，这位就是我們此稱呼的'中國的蘇菲亞女士'。真值得你有握一握手的。"一有一隻眼睛似乎是望到那穿短褲的，那黄毛女子哦，是了，纏着稚南，要他替她預備下星期间市民大会时用的演講稿。听到这裡在说"蘇菲亞"，跳过来又攀着蒙珂说話：

"下星期我准去的，你，看從我是怎樣的不得空。你看，有许多工作都未曾做，単说傳單就有这么多：这還只，十分之一呢！"

(25)

蒙珂懂不了雅南的批讥，以及这几个男女所带出的那些政治工作的意义，和是他们几人在清横山头挥时，偷偷的她溜了出来，在坑凸的马路上急急的走着，连头也不敢回过去望一望，是怕雅南来追。

第二天为想躲避雅南，一清早便往民众里去了。但民众里已执早先的下留意！一进门便听了许多们责备的说讽话。她只好努力的去解释，小心的去体会，但白路总不肯转过她的脸色来，单为那一件大衣总是受了四五次的风铁的眼锋，和尖利的笑声。因此反使她觉到曾经轻视过和还不曾施用过的许多装饰都是好的。为什么一个人不想去把自己弄得好看些？享受些自己的美，总不该说是不对吧？一个女人想去享受自己的东西，自己的不同修饰，难道就得拿「乱头粗服」去做高标吗？……她忍不住回想了白路几句才回来。

虽说以来白路曾向她又修好过，但她一半为负气，却没覆信，一个多天仍隐着这几个漂亮青年听戏，看电影，吃饭，下棋，看小说混过去了。

但这也并不很快乐的，尤其是单独同两位小姐在一块时，她们是在肆无忌惮的说骂日间她们所熟悉的人，她们张皇的教给她许多处世，待遇男人的秘诀。蒙珂常要忍耐的去听她们恶心弄别人的笑声，听她们所发表的奇怪的人生哲学的意义。有时固然为了她们的那些近乎天真的顽皮笑过，但看到她们如妖精般的心术和擺佈，也会骇怕了起来，拳头便在暗处伸缩。

像明也比较大胆了，常常当着她说出许多猥亵的话，她又不能像表姊们拿调皮的样子去处理，只好装出未曾听见的样子，默默的走了开去。朱诚，她是便当同在一块打牌时，都很少和他说话，因为她是并不像表姊们须要如此的一个又能供小康者的清客。

那末，表哥呢，是的，她只依恋着晓淞，也像从前依恋着白路一样。

(26)

單調那態度，就够多麼動人呀：看見壁爐前的夢珂是在沉思着什么了，便拿过一本書来跕在她的椅背边，轻轻的拍她的肩，声音是低低的，怕骇着她似的：

"讓我來念首詩吧。"

於是打開書，在一百三十六頁上停住，開始念起來。

"在大茵之餘的隱約裡，

她如晚霞之餘艷，

呵，她倩何物

倩遍我心靈之顫動！"

夢珂的心微微的顫抖，一半是由於受驚，一半也是被那低沉的声音所感動。臉便慢慢的藏在那一双纖瘦的手中。曉松乘勢坐在旁边的矮凳上，從那眼皮上拿下那双手來。

"夢——"早已把"夢妹"二字分開了來叫，有时是只叫"妹"的。這时声音也像是被感動而微微的抖了起來。而這眼光更緊逼到夢珂臉上。

她竟不敢抬起來。

表哥只是無語的望着，那沉默的動人是还有超过那用語言的。

在不可忍耐时，奪过来，抽身便像燕子似的轻飄的跑去了。

於是表哥便倒在她適才起身軟椅上，得意的稱許起自己的智慧，自己審美的方法，並慢慢的去玩味那被自己所感動的那顆處女的心。這欣賞這趣味，都是一種高尚的，細膩的享樂。

怕人看出自己的羞愧，大半时候都去找麗麗玩，麗麗一見她不說話，便生氣，扳着她頸項問，夢她是在想什么了。

因此表嫂都很同她親熱了起來，常常晚上她便在表嫂房裡玩，

(27)

这时大表哥是不会回来的，表嫂是川西人，说起故乡时，总挂念她屋前的西湖，和她八十多岁的祖母，她是在六岁时同年失掉了父母的。表嫂还常常低声的和她诉说她为了祖母而忍心扎有乞议那鲁莽的粗汉蹂躏了的了。

“难道他不爱你吗？”梦珂便问。

“你是不会知道这個的，”表嫂却笑了。“你看，近来是都不常在家了。这是他故意的想恼我，因为他明白了我的藏在衣服里面的那颗心。谁知我却舒服多了。嘿，梦妹，你那里得知那苦味，专他凑过那泥气的嘴来时，我只想打他！”

“真的便打了他吗？”梦珂又问。

表嫂又笑了。还向她诉说她十七岁来做新娘时，也受的许多惊骇，以及祖母三月后知道了她是怎样用哭去拒绝了新郎时的抱着她的伤心……——原来表嫂还会填词，她从她那本旧稿中得知了她的许多温柔，蕴藉的心性，以及她的慕才，她的希望，还和她的失意。梦珂心想：如果她那时是同二表哥结婚，那她一定不会自叹命薄的了，于是便又问：

“你说，二表哥如何？”

表嫂又会错了她的意思，便告诉她，晓淞是如何的细心，如何的会体贴女人……——

梦珂喟叹了，这是完全在惋惜表嫂，而表嫂却不能领悟这同情，反以为她想起别的感触，竭力的倒去安慰她。

春天来后，家里反静寂了许多，表姊和杨小姐每天又挟着书讀上学校去。澹明，朱成也都有课。便晓淞也在一个大学里每星期担任了两個钟头。姑母又时要去外面应酬；表嫂有丽、仇伴；只有她是闲

(28)

着。於是她便整天的躺在床上，像回忆某种小说一样的去想到她将来的生活，不断的幻想开去，有时竟说是依据出自己的个性来，生生的认定："去抱着东京的流浪，便是我所须要的生命"！有时简直会羡慕起那些巴黎的咖啡店的侍女！……但也常把自己幻想成一个英雄，一个伟人，一个革命家。不过一想到"革命家"时，连什么梦想也都打破，因为那"中国的苏菲亚女士"於她的心境得太冷了。

澄明想用提高她已不热心了的画兴，又常常去邀她作画，但她已在那可爱的脸外，另外只知道了不少的轻浮，所以有时也会拒绝他的。晓淞是早已不提到画上了。

为了巴黎的梦，她又起始在[illegible][illegible]学法文。

不久，父亲又寄来第二次的钱，并附有一封信：

"梦儿，接到你的信，知道你又很须钱用，所以才又凑足二百元给你。只说为数并不多，但这也是够全家半年的日用。你如果是可能的话，我还是希望你省俭点也好。因为你是知的，父亲已渐渐的老了。近来年成又都不好。我怕你在外面一时受窘了又要难过，所以才这样说。不过你也不必为了这话又伤心，我总会替你设法，不愿使你受苦的。其实，都是你父亲不好……唉，这都不必说了……

"自从先你喜欢的那匹老牛在二月间死了。但又添了两只小羊。有只是全身的毛雪白，下巴有又带点肉红色，顶不怕人，一天到晚都听见她小声的"咩咩"的叫。四儿说她像你，於是就叫她作"小梦小姐"。现在是一家人谁一提"小梦小姐"都会笑的，他们都念你咧！"

梦珂沉思了，似乎又看见父亲的那许多温情的体态，二哥们的顽皮，

(29)

以及晴天，牛羊们在草坪上奔走的情形……还有那小小的蝴蝶们……这过去的一些幸福日子，真要使人回忆呀！

『如果你还住在姑母家时，你就拿这二百元当做路费回来也好。我是足足有三年没见着你了。你回来后要出去时，我也可以送你的。梦珂，你要知道，父亲已不年轻，你莫违你的来一些得慢呀！

『还有一件很可笑的了。前天你姨母来，当面向我要你呢。我自然一口没有答应，这都是要依你自己的。不过祖武那孩子也很聪明，你们小时也很合得来。只要你觉得还好，我是没有什么可说的。梦珂！你年纪也不小了呢！』

信纸张张从手指间慢慢滑了下去，一种犹豫的为难深深缠着，但想起祖武那粗野样儿，以及家中规范中的做媳妇们的规矩，并为避免当面同父亲冲突，而是决定不转家，便信也只说自己还在读书时代，不愿谈及此等了……

回信上话说的很婉转，心便又觉得安妥了一样，几天来也便不想到父亲，祖武了。一人玩得无聊时，只想去找表哥，但表哥已三天不在家了。梦珂是如此的感到寂寞，自己也不住的嘴说：难道表哥之于自己竟这样的可念吗？……这天夜里却出乎意料的接到表哥的一封信，原来是为了一件朋友很要紧的事不得空回来，并且也非常之挂念她，还详详细细的问她这三天的生活怎样……她把这封信看了有七八次，好半夜不得安睡。

这几天澹明却老厮守着她，又给了她许多不安和厌烦。

在没有见着表哥的第五天晚上，她正同丽丽剪纸玩，表嫂在旁边修指甲，轻声的向她说说：

『梦妹，你说对不对？』

『什么？』

30

「昨天在楼下找到的那本旧杂志上说的关于女子许多问题的话，你不是也看过了吗？我说真对，尤其是讲到旧式婚姻中的女子，嫁人也便等于卖淫，只不过是贱价而又整个的」

「那也不尽然，我看只要两情相投，新式恋爱，如果是为了金钱，名位，不也是一样吗？并且还是自己出卖自己，连归罪都不好横赖给父母了。」

「呵呀！你看，梦姑！你这小人儿的手也剪掉了。」丽丽着急了，用手去推她，「妈！你等下再和梦姑说伊好不好？」

「好，这个不要了，再剪个好姑娘吧，拿一个洋伞的，你说，这是提一个大钱包的呢？」和是又另外剪，并楼下去说：「表嫂！你莫神经过敏了吧，过了便像心……」

「你不要说什么神经过敏，真可笑，我也是二十五岁的人，并且还有丽丽，自然总是安安分分的过下去，可是有时，我竟会如此无理的幻想，真愿意把自己的命运弄得更坏些，更不可收拾些，但现在，一个妓女也比我好！也值得我去羡慕的！……」

梦珂听见了这些从未听过，如此大胆的，很坦白的表白，又是在一个平日最谦和，温柔，小心的表嫂口中吐出，不觉大骇，丢了剪纸，望着表嫂的手。

「真的吗？你竟如此想吗？你是在说梦话吧？」

表嫂看见了她那张呆样儿，反笑着拍她：

「这不过是幻想，有什么奇怪！你慢慢就会知道的……」

还要说下去时，杨小姐已闯了进来，抓着梦珂便跑，梦珂一路呼到底前的台阶边。阶前汽车里的澹明，表姊，宋成三人都嚷了起来，澹明打开车门，杨小姐一推，她便在澹明手腕中了。杨小姐也上来后，车便慢慢的売了起来，她坐在杨小姐和济明中间，前面的两人也转过脸来笑，她虽说有些生气，也只好陪着笑脸：

"打劫我做啥子？"

"告诉你吧，我一见脸就么二哥有点不在家，就疑惑，一向他俩人都不知道，心想明哥是同二哥一鼻孔出气的，他一定知道，不过假使他们要瞒着我们时，问也不肯说的，于是我便使姐去诈他，果然一下就诈出来了。现在我们去安乐宫找二哥，你，若不行搶，你也不肯来，听到'安乐宫'便不快活了。"

"他住在安乐宫做啥子？"

"唉，安乐宫也能住吗？他们今夜要在那儿跳舞。做啥子，他们住在大东旅馆做啥子！"

大家都放声的大笑。

车走过大东旅舍时，杨小姐忽的喊要停车。济明争着说不能这样进去，但看见杨十姐似乎要发气的样儿，也便告了她一个住房的号数，除了他一人不肯去外其余的都随下车。去他们走到一百四十三号门外时，杨十姐先从锁匙孔朝里张了一下，忍住笑才又敲门。

"进来！"显然是表哥的声音，她吓住了——

门开了，表哥弯着腰在擦皮靴，镜台前坐有一个披粉红大衫的妖娆的妇人，在慢慢的画眉毛。

"二哥哥，你——好！还不介绍给我们吗，这位二嫂，——"来成和杨十姐最感到有兴趣。

很明显的那两人都骇着了。表哥连耳根都红了，镫在椅上的那

(32)

只脚，竟不会放下来，口中期期艾艾的不知在说什么。女的呢，把手搁在胸前，又佳的说请坐请坐。

杨姐们更是竟的大笑，满屋里充着去欢笑此有的陈设。

"你们真岂有此理！这位是章子伍太太，子伍还未信说要我送她转杭州呢。这是舍妹，这是……她们都太小孩气，请等通报就闯进来了。请章太太不要见怪吧！"

这种敷衍自然是没有效力，反更给了人许多的便利说的隐射的讽刺话。那善笑的女人这时也镇静了，拖着一对半截莲来，飞跑到他此迷恋的人儿的朋友们。

只有逢明不安的坐在汽车里，觉得有十二分的对不起嘤嘤，以後怎好见他，他是那样的嘱咐来！不过一想到如此或许竟於自己还有益处的，又踌躇着不安，要怎的去进行才好呢……

这时他已看见莹珂一人从旅馆里出来，跳下车便跑去迎接。

莹珂无言的随着他上了车。

问了莹珂往那里去，车便向前驶开了。

他把莹珂的两手握着，莹珂也随他。

他于向她说了许多关於那女人不名誉的事。

她笑了。这是怎样令她伤心，想起自己平日的敬爱，此依恋的表示，竟会甘心搂抱着那样一个娼妓们的女人！这简直也像连自己也侮辱到。

逢明倒很高兴的一直搂着她到家。

她拒绝了逢明送她进房，便一人闩着门，躺在床上像小孩般的哭了起来。

但，的去想到那从前此后的种种依恋，温存，那些动弹动弹的眼光，声音……

(33)

……"呀！他是如此的假情呵！"那是她从枕头底下把前夜收到的那封甜情蜜意的信抽出来扯的粉碎，满床尽是纸屑，看見纸屑，心越气了，又把纸屑撒满一地。千怪萬怪，只怪自己太老实，信人信是的实在的。便吃亏不是應該的嗎……，她如此的自怨，怨人，哭了又笑，笑了又哭，也不知经过了多少时候，只觉的人已疲倦，头沉，的作痛，躺在軟枕上就自流淚。

这时门上，有個轻、的声音在弹着。

她跳起来，用力抵住门。

"夢！一次，最後一次，许可我吧！夢！我要進一来！"

听了这柔和的，哀怜的，感傷的声音，心又大跳起来。身躯已無力的靠在门上，用心的去听外面的声息。

"夢，我的夢……你，……你就舍我了！……"

手已抬起，是去開门。但人在这时却昏倒了。

外面還有听到有回声，以为这次的失气，夢的是不算一回事。一边好笑，一边安慰自己的，就下楼去了。

等夢醒时再去看，门外面有那头走廊上射过來的灯光，映在彩墙上，现着如死的灰白的颜色。

她反身拿了一条手帕便朝外走。

然而她走错了，直走上後園的亭子才知道。於是她坐下来，但亭子上的灯光，很刺戟那哭没的眼睛，她又走到亭子後面去。那裡樹叢中正放有一張鐵椅，她便躺在那張她曾同表哥坐过的長椅上。眼望着上空，星々是在那繁密的葉子中燦烂着，潮湿的草上，從那薔薇花，罂粟花……叢中透出醉人的香，才感觉到冷时，椅背上早已被露水湿透了。正想站起身来时，

(34)

忽然听到皮鞋的声音，是有人在向亭子这方走来。梦珂从树缝中望去，天呀！那正是志齐！还有澹明。迎着灯光来了。於是她又屏声静气的躲着，看他们。

志齐带着非常严肃的脸色走上亭子，把电灯闭了，然后冷淡的说：

"说吧！你有什么说的！"

"我想你生我的气了。"

"为什么？"

"因为梦珂。"

"你以为你有希望吗？"接着只听见不住的冷笑。

"不敢说……"

"唉……唉……"

"晓松！请不必如此，令人难堪。不过，我们七八年的交情，难道还肯为一个女人而生隔阂！我是正想同你开诚布公：若你不爱梦珂，我自然可以进行，万一梦珂竟嫌弃我，那你可不要生气！你说，你的态度到底如何？"

"唉！你错了！你以为你的机会来了是不是？我告诉你，华的了，有什么要紧！那自然想得出许多法子向梦珂妹子解释。"

"她如果还要信你的那些假动，那真是她的不幸！"

"好，好假动！我正在说竟我的假动咧！唉！！你想打主义，你就干吧！只要你行，我是不会吃醋的。只是那时莫想起小杨来，我却不管，她可不若实！"

薔斯。她跑出去打他俩人，但又把两隻手交疊着壓住嘴唇忍耐着，直到那两人又笑着的走出園子。

人们正在甜睡的时候，她走回房去。濬明又留了一封信在她案上，她看……她便用那打顫的手把来拆了。其实一星期来她就很害怕这了的发生，每次濬明一人留在她面前时，她便迅速的跑開，因为濬明那倚從的，一举一動失的態度，和一些含糊的表白，举動，都使她觉得受逼得可怕，尤其是那一双常々進疑着女性的眼睛。不过出她意料之外的便是他竟敢寫出这樣一封不得体的信，像寫给一個已同他交情过的風騷的女人。结果，她觉得她像其他的一些女人一樣，痛遭了这種被人间玩笑般的侮辱。她又能用我一些的傷心了！

在第二天吃午飯时，在这些二層樓住房裡，當发生了一些々不平静。當這屋主人，中年的太々，公佈了她侄女的一封告别信时候，她是寫得非常委婉，懇摯，說自己是如何辜負了姑母的好意，如何的不得不如此着自己的前途和性格的苍哀，她是如何的開始她的流落生涯。她去了。每個人听了都感到意外的嘆息。

晓松與濬明，更觉得她一。但这是不久的，因为濬明就有杨小姐可追隨，而晓松是娶了蜜太々外还有两個很有希望的女朋友，所以都說不上是一個损失。

五号方頭，低二行——三

(36)

她本是為了不願再見那些虛偽的人，究才离開那些住處，但她便走上光明的大道了嗎？她是直向地獄的深淵墮去。她簡直瘋狂般的毫不曾想到將來，在自己生涯中造下如許不幸的了。但這能怪她嗎？哦，要她去替人民服務，辦學校，開工廠，她哪有這樣大的才力。再去進學校念書，她還不夠厭倦那些教師同學們中的周旋嗎？還不夠痛心那教特的所謂的朋友的關係？！未必真能整個犧牲自己去做那病院看護，那整天的同病人傷者去過存，她哪來這種能耐呀！難道為了自己些喜歡的小孩們去做一個保姆，但敢不敢去嘗試那下人的待遇，同一些油膩的廚子，狡笑的听差，偏東西的僕婦們在一塊……當然，她是應該回去的，不過，她看到那僅僅剩下的二三十元便歎恨：呵！為什麼我要回去！我還能忍耐到回去嗎！……結果，她決定了！

她是有幻想的。她不知道要把自己弄到"还不能收拾"的地方去了。

几天後吧，這女子便出現在那擁擠的馬路上，在許多穿尖頭鞋圍巾的小男人，拖大褲腳的上海婦女中跑着，直走到一条比較僻靜些的街上在一個有很長的竹籬的大門邊站住，那黑漆的竹籬上還可以依稀辨認出几個粉字"圓月劇社"，門內沒有一個人，大着膽子便朝里走。

在二層门裡那角上的銅欄檯後忽的探出一個扁扁的臉：

"喂，啥了体？"

在扁扁的臉後又伸出一個小伙生的頭，看樣子是當差，或是汽車夫吧

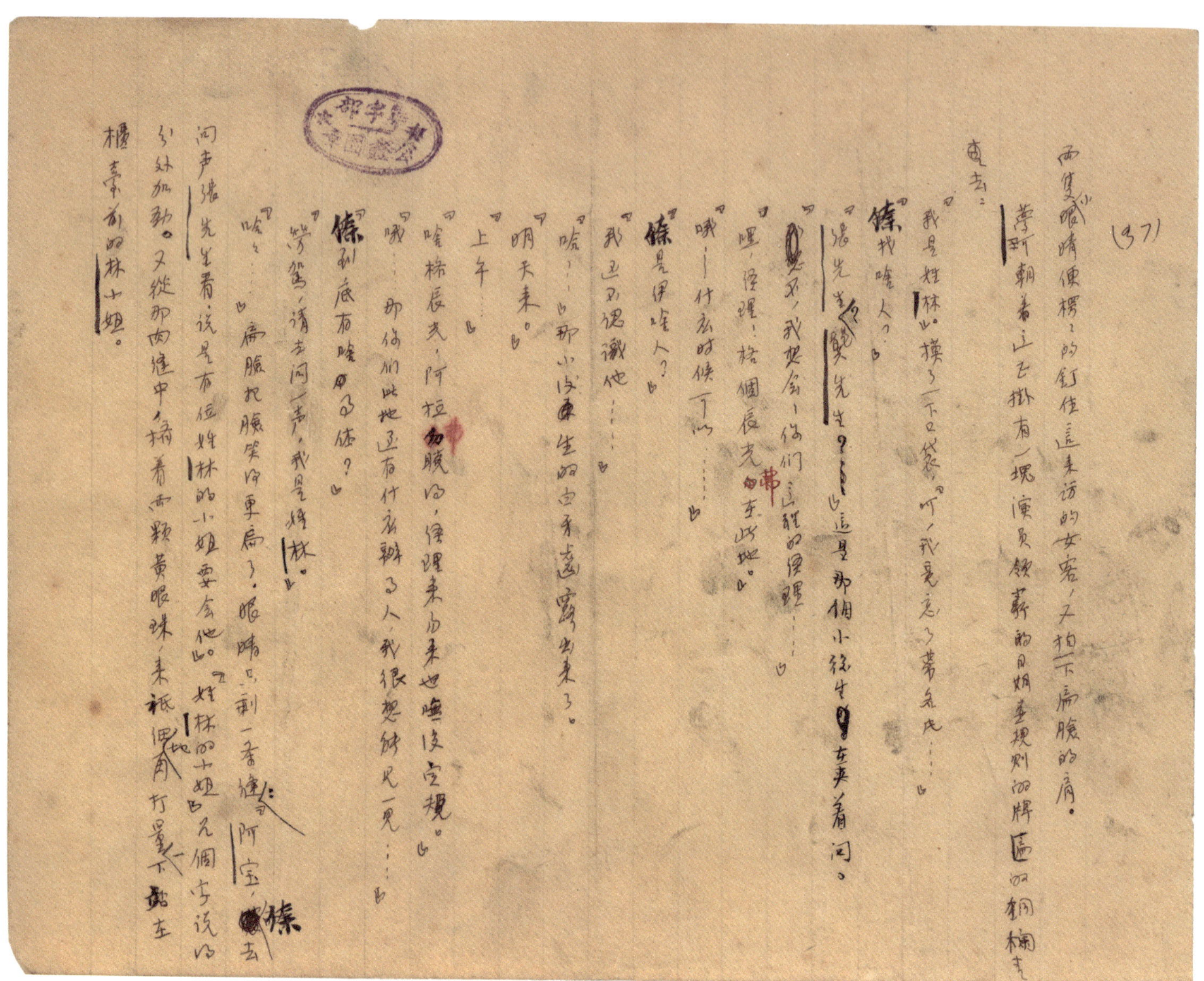

（37）

西崽小眼睛便楞楞的釘住這來訪的女客，又拍一下扁臉的肩。

夢珂朝着正面壁上掛有一塊演員領薪的日期和規則的牌匾的銅欄走过去：

“我是姓林。”摸了一下口袋，“吓，我竟忘了帶名片……”

條“找啥人？”

“張先生……龔先生？……”這是那個小徐生在夾着問。

“哦，我要會一会你們這裡的經理……”

“經理！格個長先生弗在此地。”

“哦——什么时候可以……”

條“是伊啥人？”

“我还不認識他……”

“啥？……”那小徐生的白牙齒露出來了。

“明天來。”

“上午……”

“啥格辰光，阿拉勿曉得，經理來勿來也嘸沒定規。”

“哦……那你們此地还有什么辦事的人，我很想能見一見……”

條“到底有啥事體？”

“勞駕，請去問一声，我是姓林。”

“啥々……”扁臉把臉笑得更扁了，眼睛只剩一条縫：“阿宝，條去問声張先生看，說是有位姓林的小姐要會他。”“姓林的小姐”几個字說得分外加勁。又從那肉縫中搞着两顆黄眼珠，來祇偶打量一下站在櫃臺前的林小姐。

(38)

一会，那小伙生一颠一跛的跑出来：『呀！请，小姐！』脸上是笑笑的，导引着又朝裡面走。

在会客室裡等着的，是一位非常整潔的青年，穿一身墨綠色的嗶嘰洋服，斜躺在絲絨质的沙发上，悠悠閒閒的望着那边窗檻上的花，听得门扭响，便很敏快的跳起来，姿势也是很從容，閒適的又非常有礼，顺手把那一寸多長的殘烟丢到痰盂裡，走上两步迎住了这位来客。臉微微的彎着，头也好势有些偏，声音是清晰而柔和的：

『哦，林小姐，请坐！』

『真冒昧的很，我是有……』

『不要紧，不过经理不在此地。若是有什么事，我们都可商量商量。』

接着递上一張名片，头衔是留美戲劇专家，現任圓月劇社的话劇和電影的導演，名字是張壽臻，籍贯江蘇。

導演却是向这戲劇专家点了一下头，『对不起，我忘了带名片来，林卿便是我的名字。』

『不要紧，请坐！林小姐今天来，我想是有些见了，或是对於我们近来公演的「少奶奶的扇子」有什么批評？或是这次出品的「上海繁華之夜」的影片有什么不好的地方，不妨都請你不客气的賜教。或者有什么用的着我们公司或我自己，这都非常願意竭力效勞。』

導演却正在默默的張着两隻大眼审视这个人。在那一張刮的乾乾淨淨的臉上，有個很会搧動的鼻孔，在小小的红嘴唇裡，说话时不时露出一排雪白的牙齒。左手是那样的细腻，随意的在玩弄着胸前的錶鍊。

呀！領结上的那颗搬针，还那样讲究呢！她不转眼的望着這人，怀疑心便……

這人以外的一些东西，竟未曾把对面所说的一些客套话听清楚，直望见那一道同时也注视到自己脸上的眼光，是现着在期待她说话的神情，於是她才遲遲疑疑的开始来说明她来此地的希望。先是凭着大胆子讲，渐渐也就放大了胆，最后这样说：

"……现在我当然不必要解释我自己，将来你总会明白的，因了我内在的冲动和需要，我相信我不会使你们太失望……"

这了很使这少年的导演吃惊。自然他不必答应下来，但他却向这热心於戏剧的女子解释了许多特殊的情形。又再三盘问了这女子的家庭，经济……状况。最后还使人不得不允许了如此一个令人不快的要求：当她……掌起一双手去勤上两鬓鬓边的短发……露出那圆圆的额头并两个小小的跳跃的耳垂给人审视的时候，她伤心了，完全是受过真的恐哭了样。但她却很受欢迎了。他又赞美她，又恭维她，又鼓励她，又愿帮助她，意思是要她知道，他还不必使她在此地成为一个很出众的明星。他并且要她明天来，他将介绍她给[illegible]三先生，就是那地的经理。

当她告别时，他又把自己的有些女嫩的手递给她，又给她行礼，又笑着送她出了客厅。

扁脸也笑笑的去替她拉开那玻璃门："……去哉，林小姐。"

她出来了，急急的走去，头也不敢再掉过来望一下那里漆的竹篱。心难受，迷迷的，完全被一种嫌厌，或是害怕，或竟是为了幸以过度了的感情所压迫，所以致走了不很遠，她的腿便軟了。馬路上一切都靜了的，沒有車。只有间或有二三個工人提着竹篓过去。她只得撑着身子在樹蔭處乱踱着，直到路口才停的一輛黄包車。但坐在車上她却也想起了为什么我可以向姑母備償……境了，但一種負气的自尊心鼓勵了她，車子是一直便拖回在一条小街的裡了。

夜色來了。夢珂從那小板床上翻起來，一跳便站在镜子旁边，還了柔柔的去梳理鬢邊的短髮，從镜中望見自己的柔軟的指尖，便又互相拿來在胸前撫摸着，玩弄着。这时她是已被一種希望牵引着，她忘了日间所感的的不快。於是她又向镜裡投去一個嫵媚的眼光，並一種俏情的微笑，她一收她開始独自表演了。这表演是並沒設好一種故事，或者景的，这是她一人坐在镜子前面看有八寸高的一塊面镜子做着許多不同的表情。最初她似乎是在裝着一個歌女或舞女，所以她作向着那镜里的人裝腔作態，攏眉飄目的。有时又像是一種貴夫人的尊嚴，華貴……但这些貴夫人，这舞女的命運都是極其不幸的，所以最後在那一对張大着说着前方的眼裏，能了的含满一眶淚水，真的，並且哭了，她却非常得意的笑着拿手帕去揩乾她的淚：這真出乎意料了。我自己都不知道我竟哭的出來！」

第二天下午，她又高高興興去到圓月劇社，並且她已想好了應当用怎樣的態度去見经理，並那些導演，那些演员们。

但剛剛走進门时第一迎着她的，又是那扁臉。那嘲笑如猜猜的笑，向她便無意的瞄了她一下。

41

"阿，徐又来哉。"张先生在楼上，从这门里过去，楼梯口有阿二，伊会引徐去……"

於是她整过身去便走，故意子把这笑脸忘掉，当她走进办公室时，真的，她居然很约略的闲的，高贵的走过去搪那少年导演的手，又用那神彩和拐的眼光去照顾一下全娃的人。有个瘦子便走拢来，眼睛从那一副大眼镜上面来打量她，一边便向张寿璘搭个是否昨晚上说的那人。张寿璘便来介绍，这也是一位导演，并且还是上海有名的文人。方才她却没听清名字，大约是姓程或姓郑。她虽说很不喜欢那眼镜上面的看人法，但她不能不也很大方的谦恭的去接见。可在这当儿，一种太出人意表，而她又难堪的听见张寿璘正打着上海腔向那瘦子说："阿是，年纪轻大，而孔生来也向锅，像煞阿好？"

那瘦子又向她望了一眼，连忙点着头："满好，满好！……"

这真把她骇疯了。她不知道这是不是恭维的，当着她面前评论她的容貌，像商议生意一样，但她又不能喊出声来，或任性的申诉几句。只好隐忍着那愤气，扣是这羞惭竟把她弄得木了起来。她又不知怎如何说话和动作了。

几个吃香烟的妖妖娆娆的妇人走来，揽她说话时，她竟又会因她活泼的本能去应付，为怕人纠缠反退到窗外的走廊上去。

张寿璘拿来一张合同要她签字，她还没看明白里面的意思，糊里糊涂的就签上了。後来又是一位姓朱的穿短衫的先生，把他编的《圆月月刊》送过了八九本来，和夹上一张名片。

(42)

她才觉得轻松了许多，便道了一声谢，拿着这本书，退到一边去独自的假装在翻书。但不久又走来一个形似流氓的洋服少年，靠在她对面的沙发上看着她。这时她真狼狈得不知了，不知自己变成了一个什么东西，一举一动都觉得不好，眼也不敢抬起去望人。她想：回去吧，我回去吧！她是这样想回去，不过她却留住了。张寿臣又走来把她引到间壁的一间房子去，很不客气的递给她一张十元的纸币。她说她无须乎这个，但这便是薪水，如她又拿时，便应该换一十五号在那柜台边用条子向那帐房领取了。

她是她这样的向人道谢。她并且问是否她已可以回去了。自然的，她已是不能由自己的行止了。张寿臣说晚上的拍影她不可以走，并且还说那位张先生还想请她今晚拍一个里面不很重要的人物试一试。他已决定为她编一个剧本。因了她那么爱剧，她那善感的眉峰，还得请她做个悲剧的主人公呀！一切的情节他都已想好了。但今晚，她却不能拒绝那张先生的请求，先做一个不重要的角色。

这天，无论在客室，办公室，接待厅，拍影场，化妆室，……凡是她所能够的，便是那粗鄙的男女演员或导演向她传来的话，或是在那大腿上被扭的发出的但小的叫声，以及种种互相传递的眼光，谁也都是那样的自如的嬉笑的，快乐的谈着，玩着。只有她，只有她惊诧，拘谨，像自己也变成妓女们的在这究任那些毫不尊重的眼光去观览了。

她竭力振刷自己（但为了避免无聊，便故意的想起不相干的事。）当她想到晚上她便要拍影了，她实在希望有一个人来告诉她此演的剧情，以及她此次演的角色，此演的地方！……

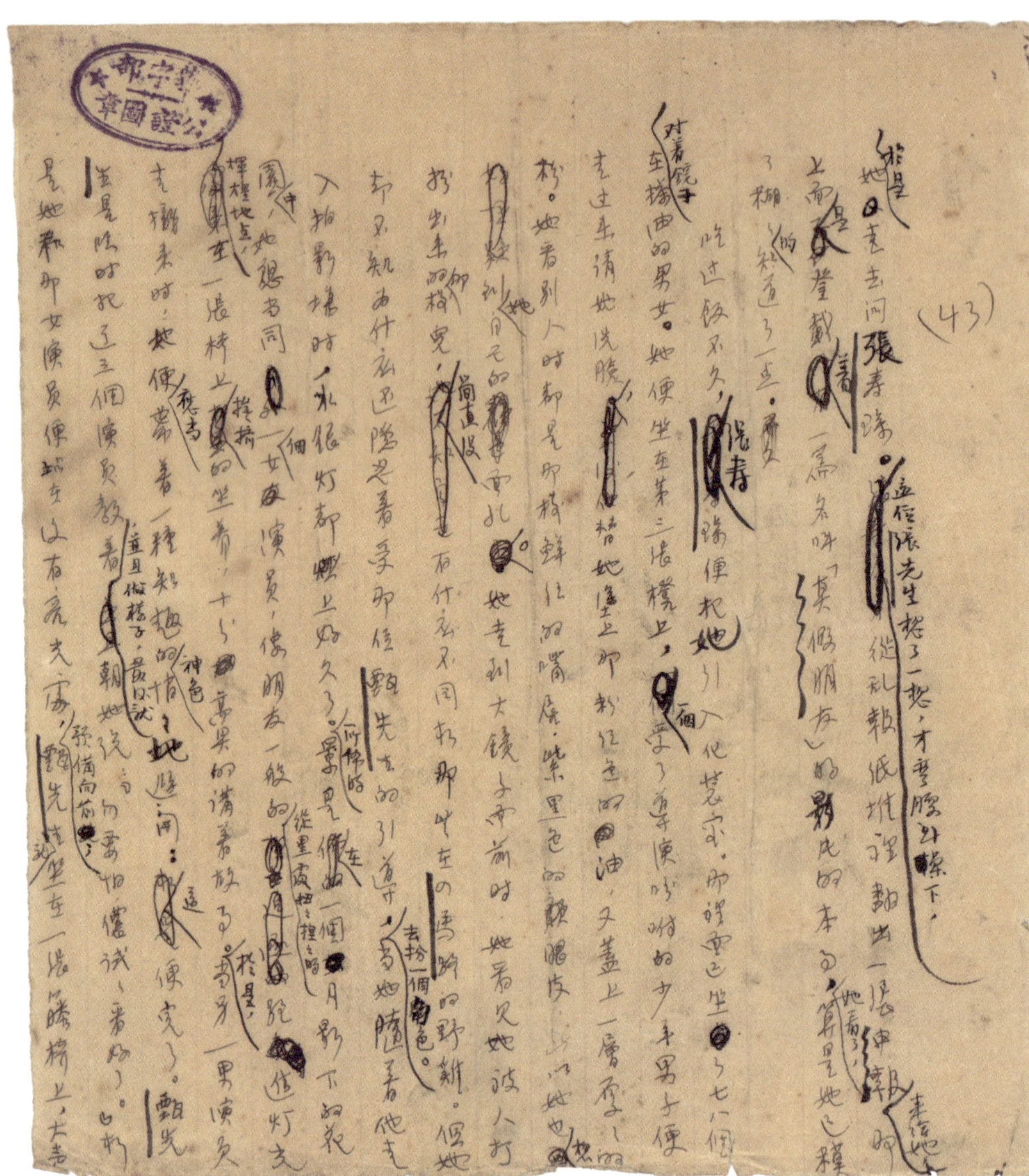

(43)

的向她们喊了一声"绝"，然而，在这一瞬间，出人意外的，发生了一种骚动，有

来这個可悲的新演员骤得晕倒了。

当她清醒来，知道她刚才所做的事，她非常伤心，但她又强忍着，祇把泪水盈溢的眼光去看她的周围。

張导演便走去扶起来，低声的问她：

"受惊了？"

"不，"她回答："不要紧，这是我旧病……"

张先生便问她可不可以重新来演。

本来，仅仅为了伤心，她就已够她去拒绝这逼迫的要求了，可是她却应诺，她也莫明其为什么她竟然这样的去委屈她自己，也许于卖身以至于卖灵魂似的。

张先生于是又开始喊"绝"，摄影机也开始映射。她忍着，一直忍走出这圆月公司的大门，在車上，才放声——但又怕人听见的呜咽地拉其伤心的痛哭起来。

以后，依旧是阮君的，继续着从这种纯肉感的社会里面去，自然所表现的情景，是惯了，惯了地可以不怕，可以從容，但究竟是使她的隐忍力更加强烈，更加伟大，至于能忍受非常的无礼的侮辱了。

现在，大约在某一类的报纸和杂志上，应当有不久的有命为上海的……豪，戏剧家，导演家，批评家，以及为这些人呐喊的可憐的喽啰们，大家用"天……色"和"闭月羞花"的词藻去捧这個始终是阮君着的林卿——被命为……的初映银幕的女明星，以希望能够得她身上，得到各人可以捧的态度的满足，或想去这种态度中得一点浅薄的快意吧。

莎菲女士的日记

丁玲文稿，26 页（正反 52 面），纵 16 厘米，横 20.3 厘米。

《莎菲女士的日记》为丁玲第二部小说作品，初次发表于 1928 年 2 月 10 日的《小说月报》第十九卷第二号，同年收入短篇小说集《在黑暗中》。谢旦如捐赠，二级文物。

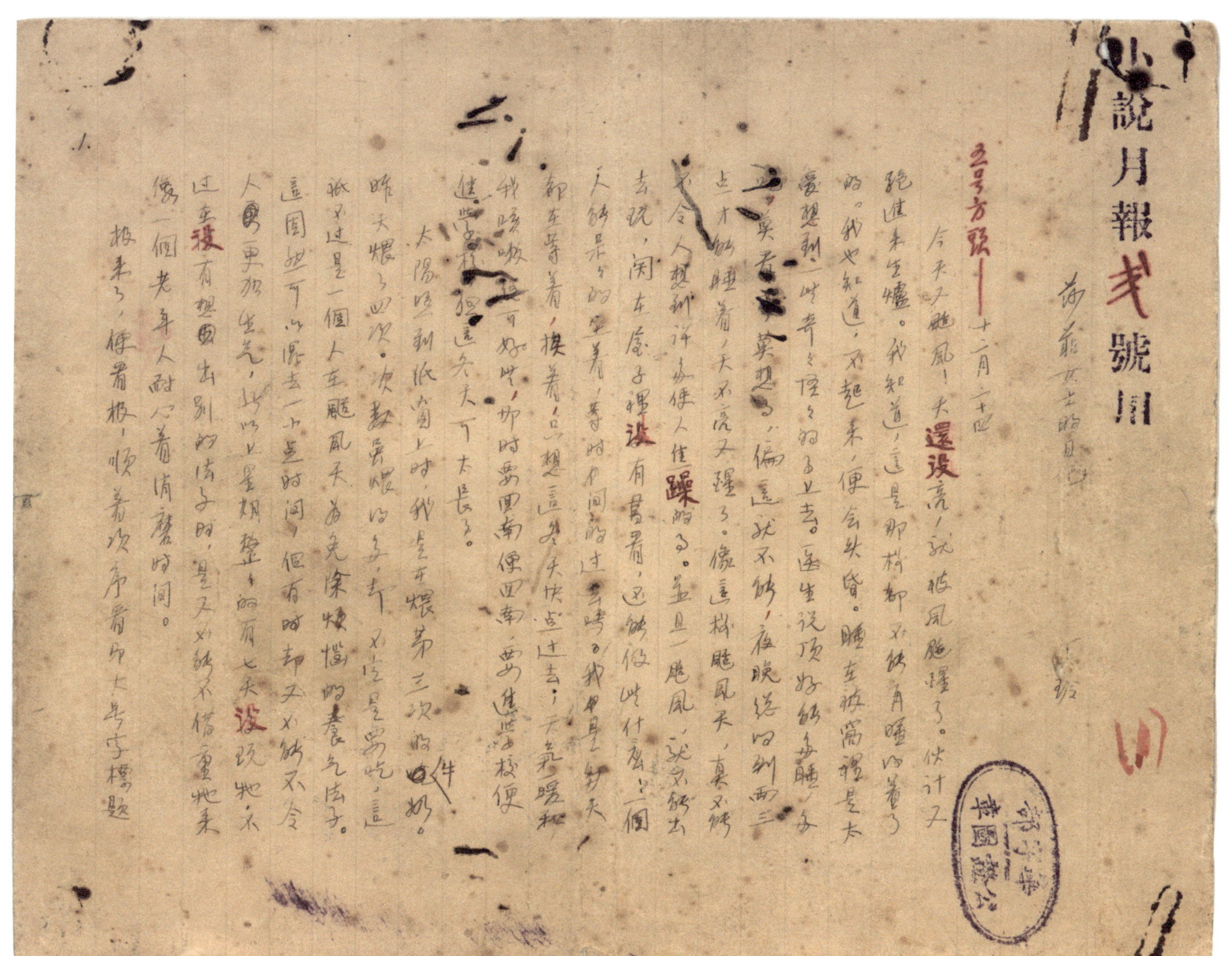

小說月報　號用

莎菲女士的日記

丁玲

五号方头

——十二月二十四

今天又颳風！天還沒亮，就被風颳醒了。伙计又跑進來生爐。我知道，這是那樣都不能再睡得着了的。我也知道，不起來，便会头昏。睡在被窩裡是太愛想到一些奇奇怪怪的事上去。醫生說頂好能多睡，多吃，莫看书，莫想，偏這就不能，夜晚總得到兩三点才能睡着，天不亮又醒了。像這樣颳風天，真不能不令人想到許多使人焦躁的事。並且一颳風，就不能出去玩，關在屋子裡沒有書看，還能做些什麼？一個人能呆呆的坐着，等时间的过去嗎？我是每天都在等着，挨着，只想這冬天快点过去；天氣一暖和，我咳嗽總可好些，那時要回南便回南，要進學校便進學校。但這冬天可太長了。

太陽照到紙窗上時，我是在煨第三次的牛奶。昨天煨了四次。次數雖煨得多，卻不定是要吃，這只不过是一個人在颳風天為免除煩惱的養氣法子。這固然可以混去一小点时间，但有时却又不能不令人更加生氣，所以上星期整整的有七天沒玩它，不过在沒有想出別的法子时，是又不能不借重它来像一個老年人耐心着消磨时间。

報来了，便看報，順着次序看那大字标题

2.

的國內新聞，然後又看國外要聞，本埠瑣聞……把教育界，文化教育，經濟界，九六公債盤價……全看完，還要再去溫習一次昨天前天已看熟了的那些招男女，編級新生的廣告，那些為了家產起訴的啟事，連那些什麼六〇六，百果杭，美容菓水，開明戲，真光電影……都熟習了，也才慢慢的去開報紙。自然，有時是會發現點新的廣告，但也除不了是些綢緞鋪五年，六年紀念的減價，然計不週的計聞之類。

報看完，想不出能找點什麼事做，只好一人坐在火爐旁生氣。氣的事，也是天天氣慣了的。天天一听到從窗外走廊上傳來的那些住客們喊伙計的聲音便頭痛，那聲音真是又粗，又大，又嘎，又單調，"伙計，開壺！""我是四臉水，伙計！"這是誰也可以想像出來的一種難聽的聲音。還有，那樓下電話也是不斷的有人在那電机旁大聲的說話。設有一些聲息時，又會感到寂沉沉的可怕，大大是那四墻粉壁的牆。牠們呆呆的把你眼睛擋住，無論你坐在那方：逃到床上躺著吧，那同樣的白堊的天花板，便沉沉的把你壓住。真找不出一件能令人不生厭煩的，如同那麻臉伙計，那有抹布味的飯菜，那掃不乾淨的窗格上的沙土，那洗臉檯上的鏡子——這是一面可以把你的臉拖到一尺多長的鏡子，不過只要你肯稍微一

779

3.

偏你的头，那你的腹又会痛的使你自己也害怕——

……这都是可以令人生气又生气。也许这只我一人如是。但我却宁肯能找到些新的不快活，不满足；只是新的，无论好坏，似乎都隔得我太远了。

吃过午饭，葦弟便来了。我一听到他那特有的急遽的皮鞋声，已从走廊的那端传来时，我心似乎便从一種窒息中透出一口气来的感到舒適。但我却不会表示，所以当葦弟进来时，我只能默默的望着他。他反以为我又在烦恼，握紧我一雙手，“姊姊，姊姊，”那样不断的叫着。我，我自然笑了！我笑的什么呢，我知道！在那两颗只望到我眼睛下面的跳動的眸子中，我准懂得那收藏在眼眶下面，不願給人知道的是些什么东西！这是有四五月了，你，葦弟，你在爱我！但他捉住过我吗？自然，我是不能负一点责，一個女人是应当这样。其实，我算够忠厚了；我不相信会有第二個女人这样不捉弄他的，并且我还在確確實實的可憐他，竟有时忍不住想去指说他：“葦弟，你不可以换個方法吗？这样是只能反使我不高興的……”对的，假使葦弟能够再聪明一点，我是可以比较喜欢他些，但他却只能如此忠實的去表現他的真挚！

葦弟看见我笑了，便很满足。跳过床头去脱大氅，还脱下他那顶大皮帽来。假使他这时再掉过头来逢我一下，我想他一定可以從我的眼睛裡的些不快活去。為什么他不可以再多的懂得我些呢？

我從願意有那末一個人能夠了解我的情々楚々的。如爸不懂得我，我要那些愛，那些體貼做什么；偏々我的父親，我的婢々，我的朋友都能如此盲目的愛惜我，我真不知他們如此愛护我的是些什么；爱我的驕縱，愛我的皮气，爱我的脾病嗎？有時我為這些生气，傷心，但他們卻都更容讓我，更愛我，說一些錯到更能使我想打他們的一些安慰話。我真願意在這種時候会有人懂得我，便罵我，我也可以快樂而驕傲了。

沒有人来理我，看我，我是会想念人家，或恨人家，但有人来説，我又覺的又会給人一些難堪，這也是無法的了。近来為要如磨煉自己，常々讀到了這便嘸住，怕又在無意中覺刺着了別人的隱處，無說是開玩笑。因為如此，所以這是可以想像出来的，我是拿一種什么樣的心情在陪漢弟坐。但漢弟着起身来喊走时，我是又会因怕寂寞而感到悵惘，而恨起他来。這個，漢弟是早就知道了的，所以他一直到晚上十点鐘才回去。不过我卻不騙人，並騙自己，我情白，漢弟不走，不特於他沒有益處，反只能讓我更覺得他太容易支使，或竟便可憐他的太不会愛的技巧了。

十二月二十八日

立早方頭

817

5

今天我请毓芳同雲霖看電影。毓芳却邀了劍如来。我气得只想哭，但我却縱声的笑了。劍如，她是姊妹中最可以損害我自尊之心的；我因為她的容貌，舉止，無一不像我幼时所最投洽的一個朋友，所以我竟不覺的时常在追隨她，她又特意給了我許多敢於親近她的勇气，但後来，我却遭受了一種不可忍耐的待遇，無論什么时候想起，我都会痛恨我那過去的，已不可追悔的無頹行為：在一個冬期中我曾足足的給了她八封長信，而未曾給人理睬過。毓芳真不知想的那一股勁，明知我已不願再提起從前的了，却故意要邀着她来，像有心要挑逗我的憤恨一樣，我真气了。

我的笑，毓芳和雲霖是不会留意這有什么變異，但劍如，她是能感覺的；可是她会裝，裝糊塗，同我毫無芥蒂的說話。我預備罵她几句，不過話到口边便想到我為自己定下的戒條。並且做的太認真，怕越令人注意。所以我又忍下惡心去同她們玩。

到真完时，還很早，在門口又遇着一羣同鄉的小姐們，我真厭惡那些慣做的笑靨，我不去理她們，並且我無緣無故的生气到那許多去看電影的人。我乘着毓芳同她們說到熱鬧中，我丟下我的請客，悄悄的回来了。

除了我自己，是没有人会原谅我的。谁也在批评我，谁也不知道我在人前所忍受的一些人们给我的感觸。别人说我虚偽，他們哪理知道我却时常在讨人好，讨人欢喜，不过人们太不肯鼓勵我去说那太違我心的话，常常给我机会，讓我反省到我自己的行为，因此讓我離人们都更远了。

夜深时，全公寓都静静的，我躺在床上好久了。我清清白白的想透了一些了，我还能傷心什么呢？

五号方头

十二月二十九

一早毓芳就来電话。毓芳是好人，她又会扯謊，大约劍如是真病。毓芳说，起病是为我，要我去，劍如将向我解釋。毓芳錯了，劍如也錯了，莎菲不是欢喜听人解釋的人。根本我就否认宇宙间要解釋。朋友们好，便好；会不来时，给别人点苦笑吧，也是正大光明的事。我还以为我够大量，太没报復人了。劍如既为我病，我倒快活，我不会拒绝听别人为我而病的消息。並且劍如病，还可以减少点我从前自怨自艾的烦惱。

我真不知應怎样才能分析出我自己来。有时为一朵被風吹散了的白雲，会感到一種渺茫的，不可捉摸的悲哀，但看到一個二十多的男子（葦弟其实还大我四岁）把眼淚一颗一颗掉到我手背时，却像野人一般的在得意的笑了。葦弟是從东城买了许多信纸信封来我這裡玩，为了他很快乐，在笑，我便故意去提弄，看到他哭了，我却快意起来，並且說：「请珍重点你的眼淚吧，不要以为妳是像别的女人一样脆弱的受不起一顆眼淚……」「還要哭，请你转家去哭，我看見眼淚就討厭……」自然，他不走，不分辯，不負气，只蜷在椅角边老老实实無声的去流那不知從哪裡得来的那末多的眼淚。我，自然，得意够了，是又会惭愧起来，於是用着娇娇的態度去喊他洗脸，撫摩他的头髮。他镶着淚珠又笑了。

在一個老实人面前，我是已厌自己的殘踏天性去磨折了他，但当他走後，我真又想能抓回他来，只请求他一句：「我知道自己的罪过，请不要再爱這樣一個不能承受那真摯的愛的女人了吧！」

五号方头

一月一号

我不知道那些热闹的人们是怎样的过年法，我是只在牛奶中加了一個雞子，雞子还是昨天蘋弟拿来的，一共是二十個，昨天煨了七個茶滷蛋，剩下的十三個，大约总够我两星期来吃她。着吃午飯时，蘋弟会来，则一定有两個鐘头的希望。我真希望他来。

因为想到蘋弟来，所以我便上单牌楼去买了四盒糖，两包点心，一窶橘子和蘋果，是预備他来时便给他吃的。我是准断定在今天只有他才能来。

但午飯吃过了，蘋弟却没来。

7.

8.

我一共写了五封信，都是用前几天韋弟买来的好紙好筆。但我想能接得几個美麗的画片，都不能。連几個最愛尋這個玩藝兒的姊々們都把我這應得的一份兒忘了。不得画片，不希罕，单々只忘了我都是可气的了。不过为了自己從不曾給人拜过一次年，算了，總是應該的。

晚飯还是我一人独吃。我煩擾透了。

夜晚毓芳雲霖都来了，还引来一個高個兒少年，我只想他們才真算幸福；毓芳有雲霖愛她，她滿意，他也滿意。幸福不是在有愛人，是在兩人都会更大的[illegible]慾，商々量々，平々和々的过日子。自然，也有人將不屑於這平庸，但那只是另外那人的，却与我的毓芳無関。

毓芳是好人，因为她有雲霖，此所以她只願天下有情人皆成眷屬。她去年曾替瑪麗作过一次戀愛婚姻介紹者。她又希望我能同韋弟好。因此她一来便问韋弟。但她却和雲霖及那高個兒把我給韋弟买的东西吃完了。

那高個兒可真漂亮，這是我第一次感覺到男人的美上面，從来我是没有留心到。只以为一個男人的本行是在会說话，会看眼色，会小心就够了。今天我看了這高個兒，才懂得男人是另有一種高贵的模型，我看出那襯在他面前的雲霖是顯得如何委琐，如么柔拙，……我真要下據雲霧，假使他知道了他在這大人前所襯出的不幸时，他將怎樣傷心他那些所有的粗魂的眼神，舉止。我更不知当飄芬拿着這一高一矮的男人相比时，是會起一種什么情感！

他，這先生人，我將怎樣去形容他的美呢？固然，他的頎長的身軀，白嫩的面龐，薄薄的小嘴唇，柔軟的头髮，都是以闪耀人的眼睛，但他却还另外有一種說不出，捉不到的風儀來煽動你的心。如同，当我請问他的名字时，他是會用那種我想不到的不急遽的態度遞过那隻拏有名片的手来。我抬起头去，呀，我看见那两個鮮红的，嫩腻的，深深凹進的嘴角了。我能告訴人嗎，我是用種小孩要糖果的心情在望着那惹人的两個小东西。但我知道在這個社会裡面是不会准許任我去取得我所要的来滿足我的衝動，我的欲望，無論這是于人並不損害的呵，所以我只得忍耐着，低下头去，默默的去念那名片上的字：

"凌吉士，新加坡……"

凌吉士，他是能那樣毫無拘束的在我這邊談笑，像是在一個很熟的朋友處。難道我能說他這是有意來挑弄一個朦朧的人？我是為要猛迫的去拒绝引诱，從不敢把眼光抬平去一望那可爱慕的火爐的一角。並且害怕两隻從不知羞惭的破烂拖鞋，也逼着我不准走到桌前的灯光處。我並且生气我自己：怎么我只会那樣拘束，

10

不调皮的在应对，并且看不起别人的交際法，今天才知道自己是这么能显得又呆，又獃，又傻气。唉，他一定以为我是一個乡下才出来的姑娘了！

雲霖同毓芳两人看见我木木的，以为我不欢喜這生人，常常去打断他的说话，不久都带着他走了。這個我也能感激他们的好意嗎，我望着那一高一矮的影子在楼下院子中消失时，我真不願再回到這留給有那人的靴印，那人的声音，和那人吃剩的餅屑的屋子。

五号方转

一月三号

這两夜通宵通宵的咳嗽。对於藥，簡直就不会有信仰，藥品竟不是已毫無靈驗像嗎？我明明已厭煩了那苦水，但却又按时去吃牠，假使連藥也不吃，我更能拿什么来希望我的病呢！神要人忍耐着生活，便安排许多病要苦在死的前面，使人不敢走攏去死。我呢，我是更为了我這短促的不久的生，所以我想求生的利害，不是我怕死，是我总觉得我還没享有我生的一切。我要，我要使我快樂。無論在白天，在夜晚，我都是在夢想可以使我沒有什么遗憾在我死的时候的一些事情。我想我能睡在一间極精緻的臥房的睡榻上，有我的姊姊们跪在榻前的熊皮毯子上为我祈禱，父親情情的朝着窗外嘆息，我讀着许多封從那些愛我的人兒们寄来的長信，朋友们都紀念我流

798

着忠实的眼泪……我迫切的需要這人间的感情，想佔有许多不可能的东西。但人们给我的是什么呢？整整又两天，又一人幽囚在公寓裡，没有一個人来，也没有一封信来，我躺在床上咳嗽，坐在火爐旁咳嗽，走到桌子前也咳嗽，还想念這些可恨的人们……其实是还收到一封信的，不过這除了更加我一些不快外，也只不过是加我不快。這是在一年前曾骚擾过我的一個安徽粗壮男人从上海寄来的，我没有看完就扯了。我真肉麻那滿纸的「爱呀爱的」！我厭煩恨我不喜欢的人们的盡獻……

我，我能说得出我真实的需要是些什么呢？

五号方头

一月四号

了情不知錯到什么地方去了。

我为什么会想到搬家，並且在糊裡糊塗中欺骗了雲霖，好像扯謊也是本能一樣，此时在今天能毫不费力的便使用了。假使雲霖知道了莎菲也会哄骗他，他不知應如何傷心？莎菲是他们那樣爱惜的一個小妹妹。自然我不是安心的，並且我現在在後悔。但我能决定嗎，搬呢，还是不搬？

我是不能不向我自己说：「你是在想念那高個兒的影子呢！」是的，這幾天幾夜我是会时不神往到那些足以誘惑的。为什么他不在這幾天中單独来会我呢？他應当知道他是不該讓我如此的去思慕他。他應当来看我，说他也想念我才对。假使他来，我是不会拒绝听

12

听他所说的一些羡慕我的话，我还将令他知道我所要的是些什么。但他都不来。我估定这像传奇中的了是难实现了。难道我去找他吗？一個女人这样放肆，是不会得好结果的。何况我还要别人能尊敬我呢。我想不出好法子来，只好出去到云霖处试一试，此时吃过午饭，我便冒风向东城去。

云霖是京都大学的学生，他的住宅房便租在一家间於京都大学一院和二院之间青年胡同里。我到他那里时，幸好他没出去，毓芳也没来。云霖当然很诧异我在大风天出来，我说是到德国医院看病，顺便来这里。他也就毫不疑惑的，又来问我的病状。我却把话头故意引到那天晚上。不费一点气力，我便已打探的那人竟是住在第四宿舍，位置是在京都大学二院隔壁的。不久，我於是又叹起气来，我用了许多言辞把在西城公寓的生活，描摹得怎样的寂寞，难堪。我又扯谎，说我唯一只想能近毓芳（我已知道毓芳已预备搬来云霖处）。我要求云霖同我往近处找房。云霖是当然高兴这差事，不会迟疑的。

在找房的时候，恰巧竟碰着了凌吉士。他也陪着我们。我真高兴，高兴使我胆大了，我狠狠的望了他几次，他没有觉得，他问我的病，我说全好了，他不信似的在笑。

我看上一间又低，又小，又无光的东房，这是在云霖的隔壁一家叫大元的公寓里。他和云霖都说太坏，我却执

779

13 一月六號

意，要在第二天便搬來，理由是那邊太使我厭倦，而我急切的又要依着紉芳。雲霖無法，也就答應了。還說好第二天一早他和紉芳便過來替我幫忙。

我然告訴人，我單單是選上這房子的用意嗎？她是位置在第四寄宿舍和雲霖住所之間的。

他不曾向我告別，所以我又將雲霖當客，我盡些有的大膽在談笑。我把他什麼細小處都審視遍了。我覺得都有我嘴唇放上去的需要。他不會也想到我是在打量他，盤算他嗎？後來我特意說我想請他替我補英文，雲霖笑，他聽後卻受窘了，不好意思的在含含糊糊的回答，於是我向心裏說，這還不是一個壞蛋呀，那樣高大的一個男人卻還會紅臉。因此我的狂想更熾熱了。但我不願讓人懂得我，看得我太容易，所以就騙遣我自己，我很早的就回去了。

現在仔細一想，我唯恐我的任性，將把我送到更壞的地方去，暫時且住在這有洋爐的房裏吧，誰知道我能說得上我是愛上了那南洋人嗎？我還一絲一毫都不知道他呀。什麼那嘴唇，那眉梢，那眼角，那指尖……多無意識！這並不是一個人必需的，我着魔了，會想到那上面。我決計不搬，一心一意來養病。

我決定了。我懊悔，我懊悔我白天所做的一些不是一個正經女人所做不出來的。

14

都奇怪我，听说我搬了家，南城的金夏，西城的江周，都来到我這佬逼的小房裡。我笑着，布时在床上打滚，她们都說我越小孩气了，我更大笑起来，我只想告訴她们我想的是什么。下午葦弟也来了。葦弟最不快活我搬家，因为我未曾同他商量，并且离他更远了。他见着雲霖时，竟不理他，雲霖摸不着他为什么生气，呆着他，他却更板起脸孔，我好笑，我向自己說：可憐，鬼枉他了一個好人！

毓芳不再向我說劍如。她决定兩三天便要搬走。雲霖雲因为她觉得我既這樣想傍着他住，她不能讓我一人寂寂寞寞的住在這裡。她和雲霖待我更比以前親热。

一月十号

這兩天我都見着凌吉士，但我從沒同他多說过兩句話，我决意先提到補英文了。我看见他一天要兩次的往雲霖處跑，我装笑，我準断定他以前一定不会同雲霖如此親密的。但我沒有一次邀請他来我那兒去玩，只說他问了兩次搬了家如何，我都装出不懂的样兒笑一下便算回答。我是把所有的心计都放在這上面用，好像同着什么东西搏鬥一樣。我要着那樣东西，我还不願去取它，我務必想方设计的讓他自己送来。是的，我了解我自己，不过是一個女性十足的女人，女人是只把心思放到她要征服的男人们身上。我要佔有他，我要他無条件的獻上他的心，跪着求我賜给他的吻呢。我簡直

15

癲了，夜々的只想着我那些要施行的手段的步驟，我簡直癲了！毓芳雲霖看不出我的興奮來，只說我病快好了。我也正不願他們知道，說我病好，我就假裝着高興。

五号方头

一月十二日

毓芳已搬來，雲霖却又搬走了。宇宙間竟会生出這樣一对人來，为怕生小孩，便不肯住在一起。我猜想他們是連自己也不敢断定：当两人抱在一床时是不会發生什么別的事來，所以只好預先防範，不給那肉体接觸的机会。至於那单独在一房时的擁抱和親嘴，是不会發生危險，所以情々愿々來表演幾次，便不在禁止之列。我忍不住嘲笑他了，這禁慾主义者！为什么会不須要擁抱那愛人的裸露的身体？为什么要壓制住這愛的表現？为什么在兩人还沒睡在一個被窩裡以前，会想到那些不相干足以擔心的事？我不相信愛是如此的理智，如此的科学！

他倆不生气我的嘲笑，他倆还驕傲着他們的純潔，而笑我小孩气呢。我体会得出他們的心情，但我不能解釋宇宙間此类发生的許々多々奇怪的事。

這夜我在雲霖處（現在要說毓芳雲霖了）坐到夜晚十点鐘才回來，說了許多閑扯鬼怪的故事。

鬼怪這东西，我是在一点々大的時候，坐在姨媽怀裡听姨家講聊齋是常了，並且一到夜裡就愛听，不於怕，又是另外一件不敢告人的。因為一說怕，準就听不成，姨家便会踱过対面書房去，小孩就不准下床了。到進了学校，又從先生口裡知道点科学常識，為了信服我们那位周麻子二先生，所以連書本也信服，從此鬼怪，便不屑於害怕了。近来人是更在長高長大，說起来，總是否認有鬼怪的，但雖然都不肯因為不信便不露出来，毛孔一個々也会空起的。不过每次同人一說到鬼怪時，別人是不知道我正在想撇開些說到別的閒話上去，為的怕夜裡一個人睡在被窩裡時想到死去了的姨家姨媽就傷心。

回来時，我看到那里黑々的小胡同，真有些膽怯。我想，假使在那個角落裡竄出一個大黃腹，或伸来一隻毛手，並又是在这樣凍住了的冷巷裡，我不会以為是意外。但看到身边的这高大漢子陸吉士，做鏢手大约總不告訴，所以當熊芳問我時，我只答應不怕，不怕。

雲霖也同我们出来，他回他的新房子去，他在南，我们向北，所以只走了三四步，便听不清那橡皮的鞋底在泥板上發出的声音。

他伸来一隻手，攏住了我的腰：

"莫怕，你空怕的！"

我想掙，但掙不掉。

684

17.

我的头倚在他的胸前，我想，如着在亮处，看起来，我会像个什么东西，被挟在比我高一个头还多的人腕中。

我把身一扭，便窜出来了，他也松了手，除我站在大门边打门。

小胡同里是黑极了，但他的眼睛总是望到何处，我都能很清白的看见。心微微有点跳，等着开门。

『莎菲，你怕哟！』

门闩已在响着，是伙计在问谁。我朝他说：

『再——』

他猛的却握住我的手，我也无力再说下去。

伙计看到我身边的大人，露着诧异。

到单独只剩两人在一房时，我的大胆，已经是变得毫无用处了。想好意说几句客套话，也不会，只说：『请坐吧！』自己便去洗脸。

鬼怪的了，已不知逃掉到什么地方去了。

『莎菲！你还高兴读英文吗？』他忽然一问。

这是他来找我，提头到英文，自然，他未必欢喜空牺牲时间去替人补课，这意思，在一个二十岁的女人面前，怎能瞒过？我笑了。（这是只在心里笑）我说：

『蠢得很，怕读不好，丢人。』

他不说话，把我桌上摆的一张照片拿来玩弄。

18.

着，這時他是我那個物々的一個剛滿一歲的女兒的。

我說完後，坐在桌子那头。

他望々我，便又去望那山女孩，然後又望我。是的，這山女孩長的真像我，于是我问他：

「好玩嗎？你說像我不像？」

「她，誰呀！」點頭，這声音然表示着非常之迟疑。

「你說可爱不可爱？」

他只追问着是誰。

息的，我猜出了他底意思，我不想扯謊了。

「我的！」于是我把像片搶过来吻着。

他信了。我竟愚弄了他，我的意思我的不誠实。

這的意，似乎剛便能减少他的嫉妒，他的莫來。要是不，為什么当他顯出那天真的說楞時，我会忽略了他那眼睛，我会忘掉了他那嘴唇？否則，這的意一定的冷淡下我的热情来。

当他走後，我却懊悔了。那不是明々放着許多机会嗎？我只要在他握住我手的当兒，另做出一種眼色，讓他懂得他是不会遭拒絶，那他一定可以还做出一些比較大膽的了。這種两性间的大膽，我想只要不厭煩那人，是会也像把肉体来献化了的感到快樂，是无疑。但我为什么要給人一些嚴厲，一些端庄呢？唉，我搬到這破房子裡来，到底为的

(乙)

莎菲女士的日記

(下)

湯長貴

是些什么呢？

另起頭

一月十五

近來我是不算寂寞了，白天便在隔壁玩，晚上又有一個新鮮的朋友陪我談話。但我的病卻越深了。這真不能不令我灰心，我要什么呢，什么也於我無益。難道我還有所希望着嗎？一切又是無意的可笑，但死卻不期然的会讓我一想到便傷心。每次看見那凌利如大夫的臉色，我便想：是的，我懂的，你竟說吧，是不是我已沒希望了？但我卻拿笑代替了我的哭。誰能知道我在夜深中流出的眼淚的分量！

前夜凌吉士卻接着接着來，他告人說是在替我補英文，雲霖問我，我只好不答應。晚上我拿一本 Poe's 放在他面前，他真個便教起我來。我只好又把書丟開，我說：「以後你不要再向人說在替我補英文吧，我病，誰也不会相信這事的。」他赶忙便說：「莎菲，我不可以等你病好些就教你嗎？莎菲，只要你喜欢。」

這新朋友似乎是來的如此够人愛，但我卻不知禁的，反而懶於注意到這些了。我每夜看到他覺得不看高興的出去，心裡總覺的有歉疚；我只好在他穿大氅的當兒向他說：「原諒我吧，我有病！」他会錯了我的意思，以為我同他客氣。「病有什么要緊呢，我是不怕傳染的。」後來我仔細一想，也許這話是另含的有別的意思。我真不敢斷定人的所作所為是像下了

19.

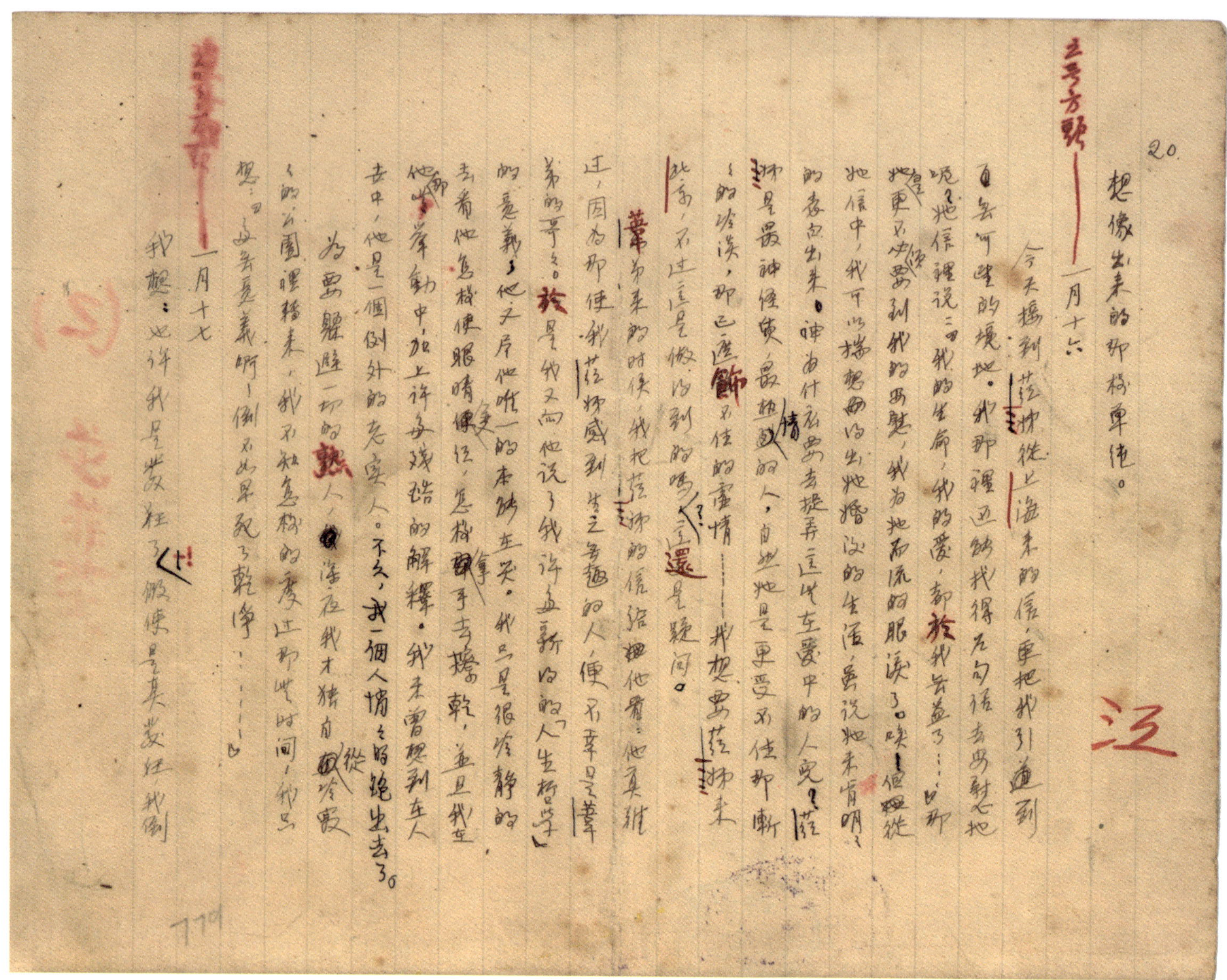

20.

想像出來的那樣單純。

一月十六

今天接到蘊姊從上海來的信，更把我引導到無可救藥的境地。我那裡還能找得出話去安慰她呢？她信裡說：「我的生命，我的愛，都於我無益了……」那她更不必要到我的安慰，我為她而流的眼淚了。唉！但從她信中，我可以猜想得出她婚後的生活，雖說她未肯明明的表白出來。神為什麼要去捉弄這些在愛中的人呢？蘊姊是最神經質最熱情的人，自然她是更受不住那斷斷的冷淡，那正遮飾不住的蜜情……我想要蘊姊來北京，不過這是做得到的嗎？還是疑問。

葦弟來的時候，我把蘊姊的信給他看，他真難过，因為那使我蘊姊感到生之無趣的人便不幸是葦弟的哥哥。於是我又向他說了我許多新的的「人生哲學」的意義，他又序他唯一的本能去哭。我只是很冷靜的去看他怎樣使眼睛溼了，怎樣用手去擦乾，並且我在他那舉動中，加上許多殘酷的解釋。我未曾想到在人世中，他是一個例外的老實人。不久，我一個人悄悄的跑出去了。

為要躲避一切的熟人，我才獨自從冷寂的公園裡轉來，我不知怎樣的度過那些時間，我只想：「無意義啊！倒不如早死了乾淨……」

一月十七

我想：也許我是發狂了！假使是真發狂，我倒願意。我想能够活到那地步，我总可以不会再感这人生的麻烦了吧……

足足有半年为病而禁绝了的酒，今天又开始痛饮了。明明看到那吐出来的是鲜红的血，但我心却像有什么玄别的东西主宰一样，我似乎这酒便不在今晚致死我一样，我是不愿再去细想到那些什么的了……

十八

现在我还睡在这床上，但不久就将向这屋子别了，也许是永别，我断不定我还有那样能再亲我这枕头，这棉被，……的幸福吗？鲸芳，雯霖，萍弟，金，夏，都保守着一种沉默围绕着我坐着，焦急的等着天明了好送我往医院去。我希望他们是在他们忧愁的低语中，我不愿说话，我细想昨天下午的了，我闻到屋子中此处留下来的酒气和腥气，才觉得心是正在剧烈的痛，不是眼泪便涌出了。因了他们的沉默，因了他们脸上所显现出来的凄惨和黯淡，我似乎感到这便是我死的预兆。假设我便如此的睡不醒了呢，是不是他们也便将是如此的沉默的围绕着我僵硬的尸体？他们看见我醒了，便都走拢来问我。这时我真感到了那可怕的死别！我握着他们每个的手，似乎要将这记忆永远保存着……他们都把眼泪滴到我手上，好像觉得

21.

22

我就要長遠的離開他們而走向死之國一樣。大抵是葉弟哭得現出醜的臉。

我想：朋友呵，請給我一些快樂吧……於是我反而笑了。我請她們替我清理一下東西，她們便在床鋪底下拖出那口大藤箱來，在箱子裡有幾包花綢手絹的小包，我說：這是我要的。隨着我進協和地，她們便遞給我，我又給她們看，原來都是信札，我又向她們笑：這，你們的也在內！她們似乎也快樂些了。葉弟又忙着從抽屜裡遞給我一本照片，是要我也帶去的樣子，我更笑了。這裡面有七八張是葉弟的半像。

我又特容許了葉弟握吻在我手上，並握着我的手在他臉上撫摩，於是這屋子才不至於像真的有個殯儀停着的一樣。天光全時也慢慢顯出了魚肚白。他們又忙亂了，慌着在各處找洋車。

於是我病院的生活便開始了。

葉芳錄——三月四號

接落華生死電是二十天以前的了，而我的病卻又一天有希望一天了。所以在一個天曲送我進院的人把我送轉公寓來，房子已打掃的乾乾淨淨。又因為怕我冷，特生了一個小小的洋爐。我真不知應怎樣才能表示我的感謝，然只是葉弟和鍾芳。金和周又在我這兒住了兩夜才走，都充當我的看護，我是每日都躺着，簡直舒服的不像住公寓，同在病裡也差不了什麼了！鍾芳還陪我住幾天，等天氣迴暖和些便替我上西

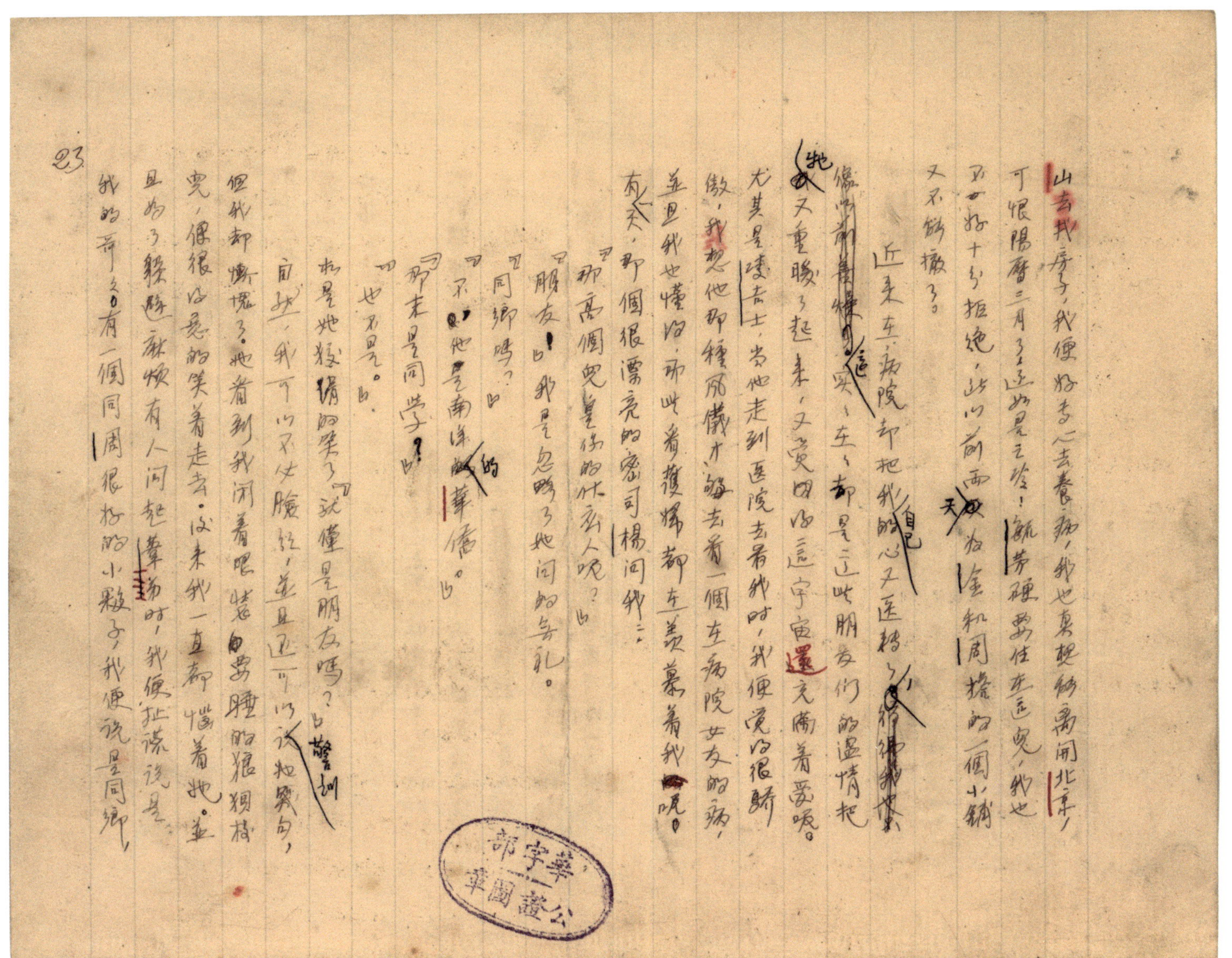

山去找房子，我便怀着一心去养病，我也真想能离开北京，可恨阳历三月了还如是之冷！就勉强要住在这儿，我也不好十分拒绝，此外前两天为金和周拢的一个小铺又不能撤了。

近来在病院却把我自己的心又逐渐了傻以前的这实实在在却是这些朋友们的温情把她又重聚了起来，又觉得的这宇宙还充满着爱呢。尤其是护士，当他走到医院去看我时，我便觉得很骄傲，我想他那种风仪才够去看一个在病院女友的病，并且我也懂得，那些看护妇都在羡慕着我呢。

有一天，那个很漂亮的密司杨问我：

『那高个儿是你的什么人呢？』

『朋友！』我是忽略了她问的无礼。

『同乡吗？』

『不，他是南洋的华侨。』

『那末是同学？』

『也不是。』

于是她狡猾的笑了『就仅是朋友吗？』

自然，我可以不必脸红，并且还可以警训她几句，但我却惭愧了。她看到我闭着眼装作要睡的狼狈样儿，便很得意的笑着走去。后来我一直都惦着她。并且为了躲避麻烦有人问起华侨时，我便扯谎说是我的哥哥。有一个同周很好的小胖子，我便说是同乡，

23

24.

或是亲戚的乱扯。

当毓芳上课去后，我一人留在房子时，我就去翻在一月每中所收到的信，我了很快活，很满足，还有许多人在记念我呢。我是须要别人记念的，总觉得能多的些好竟就好。父亲是更不必说，又寄了一张像来，只是白头发比手又多了几根。姊姊们都好，可惜就为小孩们忙的很，不能多替我写信。

信还没看完，苇弟又来了。我想站起来，但他却把我按住。他握着我的手时，我快活得真想哭了。我说：『你想没想到我又会回转这屋子呢？』

他只瞅着那侧面的小铺，表示一种不高兴的样子。於是我告诉他从前的那两位客已走了，这是特为毓芳预备的。

他听了便向我说，他今晚不愿再来，怕毓芳会厌烦他。於是我心里更充满着恶意了：『难道你就不怕我厌烦吗？』

他坐在床头更长篇的述说他这一月每中的生活，还怎样和云霖冲突，闹意见，因为他赞成我早些出院，而云霖执着说不能出来。毓芳也附着云霖。他懂的，他认识我的时间太少，说话自然不会起影响，所以他都不管这些了，并且在院中一和云霖碰见，自己便先回来了。

我懂得他的意思，但我却装着说：『你还说云霖，不是云霖我还不会出院呢。住在这里面真舒服多了。』此刻是我又看见他默默的把头转到一边去，不答应我的话。

他算着毓芳快来时，便走了。还情情告诉我说等明天又来。果然，不久毓芳便回来了。毓芳不会问，我也不告她，并且她为我的病，不愿同我多说话，怕我费神，我更乐得可以多去想些另外的小问题。

三月六号

当毓芳上课去后，把我一人撂在房里时，我便会想起这些男女间的怪事；其实，在这上面，不是我爱自夸，我此受的训练，至少也有我那些朋友们的相加或相乘，但近来我却非常之不能了解了。当独自同着那高個兒时，我的心便会跳起来，又是羞惭，又是害怕，而他呢，他只是那样随便的坐着，几乎天真的讲他过去的历史，有时是握着我的手，但这也不过是非常之自然，然而我的手便不会很安静的被握在那大手中，甚慢慢的会发烧。并且当他站起身预备走时，不由的我心便慌了，好像我将跌入那可怕的不安中，于是我钉着他看，真要说清那眼光是哀求，还是怨恨；但他却忽略了我这眼光，偶尔懂得了也只说："毓芳要来了吧！"我应当怎样说呢？他是在怕毓芳！自然，我也曾不愿有人知道我暗地一人所想的一些不近情理的了，不过近来我又感到我有别人了解我感情的必要，但这次我向毓芳含糊的说起我的心境，她还是只那样忠实的替我盖被

25.

子，留心到我的药，我真不能不有点烦闷了。

三月八号

毓芳已搬回去，苇弟却又想代替那看护的差事。我知道，如若苇弟来，一定比毓芳还好，夜晚若想茶吃时，总不至于喊到那浓睡中的鼾声而不颈摇摆人而又把头缩进被窝点算了；但我自然拒绝他这好意，他又固执着，我只好说："你在这里，我有许多不方便，并且病呢，也好了。"但他还要证明间壁的屋子是空着，他可以住间壁：我正在为难时，凌吉士却来了，我以为他们还不认识，而凌吉士已握着苇弟的手，说是在医院已见过两次。苇弟只冷冷的不理他，我笑着为凌吉士说："这是我的弟弟，小孩子，不懂交际，你常来同他玩罢"苇弟真的变成了小孩子，丧着脸站起身就走了。我因为有人在面前，便感得不快，也只好掩藏住，并且觉得有点对凌吉士不住，但他却毫没什么，反问我："不是他姓白吗，怎会变成你的弟弟？"于是我笑了："那末你是只准姓凌的人叫你做哥哥弟弟的！"于是他也笑了。

近来青年人在一处时，便老喜欢研究到这一个"爱"字，虽说有时我也似乎懂得点，不过终究还是不很说得清，至于男女间的一些小动作，似乎我又太看得明白了，也许便是因为我懂得了这些小动作，而把"爱"才反迷糊，才没有勇气鼓吹恋爱，才

27

不敢相信自己是一個纯粹的被人愛的小女子，並且才会
懷疑到世人所謂的『愛』，以及我所接受的愛……
在我删精微有些懂了的时候，便给愛我的人把我
苦惱了：给許多無為的人以誣蔑我，凌辱我的机会，
以至我須親密的小伴侶們也疏遠了。後来又為了愛我的
脅迫，使我害怕的离開了我的学校。所以人要說一天
又一天了，但從常常感到那些無味的糾纏，因此有时不
時怀疑到所謂『愛』，竟会不屑於這種親密。葦弟，
他說他愛我，為什么他只会常常给我一些難过呢？譬如
今晚，他又來了，来了便哭，並且似乎带了很濃的興
致来哭一樣，無論我说『說呀，你怎么了，說呀！』『我求你，說話呀，
葦弟！』……他都不理会。這是從未有的了，我於我的
腦力也猜想不出他所遭遇的这災禍，我應当把不幸朝那
一方去揣測了呢？後来，大约他是哭夠了，於是才大声說：『我
不喜欢他！』『这又是谁欺侮了你呢，这樣大哭大闹的！』
『我不喜欢那高子！那同你好的！』哦，我這才知道原来
还是呷的我的气。我不觉的会笑了。這種無味的嫉妒，
這種自私的佔有，便是所謂愛嗎？我笑，而這笑，自
然不会安慰到那有野心的男人的。並且因為了我不
屑的態度，更激起他那不可抑制的怒气。我看着他
那放亮的眼光，我以为他要噬人了。我想：『来吧！』但他
却又低下头去哭了，還揩着眼淚，踉蹌的走出
去。

28.

這種表示，也許是稱為狂熱的真摯的愛的表現吧，但葦弟卻毫不加思索地來使用在我面前，自然是只會失敗；並不是我願意別人虛偽點，做作點，我只覺得想靠這種小孩般舉動來打動我的心是全無用。或者這因為我的心是生來便如此硬，那我之種種不應給人意而得來煩惱和傷心，也是該的。

葦弟一走，自然而然我把我自己的心意去揣摩，我是怎樣回憶那一種溫柔的，大方的，坦白而又嫵媚的態度去了，這態度已給人欣賞的傲吃辭句一般感到那融融的蜜意，於是我拿了一張紙，寫了幾個字，命伙計即刻送到第四號房去。

三月九號

我看見她們閑閑的坐在我房裡的凌吉士，不禁又可憐到葦弟，我祝禱世人不要像我一樣，忽略了葦弟，卻了那可貴的真誠而把自己陷到那不可拔的悲劇境裡；我更願有那末一個真誠純潔的女郎去領受葦弟的愛；並填實葦弟的空虛啊！

三月十三

好幾天又不提筆，不知還是因為我心情不好，或是找不出說話的情緒，我只知道，從昨天來

29.

我是更只想哭了。别人看到我笑，便以为我在想家，想到妳，看見我笑呢，又以為我快樂了，還欣羨適着這健康的光芒，……但所謂朋友們如是，我能告誰以我的不屑，孤疾，而又無力哭出的癡睐心境？並且我看清了自己的在人間的種種不顧捨棄的熱望以及無盡追求而得來的懊喪，此以連自己也不願再同情這未能悟澈此引起的傷心。更那能提住一管筆去詳細寫出自怨和自恨呢！

是的，我好像又在發牢騷了。但這只是隱忍着在心头而反覆向自己說，似乎還無礙。因為我並未曾有过那種膽量給人看我的蹙眉，和听我的嘆气，無說人們早已無条件的赠送过我以“猜”“憐”“假”等等的字眼。其实，我並不是要發牢騷，我只想哭，想有那末一個人来讓我倒在他懷裡哭，並告訴他：“我又糟塌我自己了！”不过谁能了解我，抱我，擁慰我呢？是以我只能在哭声中咽住“我又糟塌我自己了”的哭声。

我到底又為了什么呢，這真好難說！自然我是未曾有过一刻私自承认我是爱慕她那高個兒了的，但他之在我的心之意之中，意地又蕴蓄着一種了漸不清的意義。無說他那頎長的身躯，嫩玫瑰般的

30.

臉龐，柔軟的眼波，惹人的嘴角，是可以誘惑許多愛美的女子，並以他那嬌貴的態度傲倒那些還有情愛的。但我豈肯為了這些去意識的引誘而迷惑到一個十足的南洋人！真的，在他最近的談話中，我懂得了他的可憐的思想；他需要的是什麼？是金錢，是在客廳中能應酬他買賣中朋友們的年青太太，是幾個穿得很標緻的白胖兒子。他的愛情是什麼？是拿金錢在妓院中去揮霍而得來的一時肉感的享受，和在軟軟的沙發上，擁着香噴噴的肉体，抽着煙捲，同朋友們任意談笑，還把左腿疊壓在右膝上，不高興時，便拉倒，回到家裡老婆那裡去。熱心於演講，辯論會，網球比賽，留學哈佛，做外交官，公使大臣，或繼承父親的職業，做橡樹生意成資本家……這便是他的志趣！他除了不滿於他父親未曾給他過多的錢以外，便什麼都是可使他在一夜不會做夢的睡覺，如有，便也只是嫌北京好看的女人太少，讓他有時也會厭膩起遊藝園，戲場，電影院，公園來……唉，我能說什麼呢？我明白了。那使我愛慕的一個高貴的美型裡還安置着如此的一個卑劣的靈魂，並且無緣無故還接受過他的許多親密，這自然是值不了在他從妓院中揮霍裡剩餘下的一半的！想起那落在我鬢際的吻來，真使我懊恨到想哭了！我豈不是把我獻給他任他來玩弄我来比拟到卖笑的姊妹中去！然而这又都只能把责备来加到我自己使我更难受的，因为假设只要我自己肯，肯把严厉的拒绝放到我眸子中去，我敢相信他不会那样大胆，并且我也敢相信他之所以不会那样大胆，是由于他还未曾有过那恋爱的火焰燃烧，唉！我应该怎样来咀咒我自己了！

五号方形

三月十四

这是爱吗？也许要爱才具有如此的魔力，不是为什么一个人的思想会变得如此不可测！当我睡去的时候，我看不起那美人，但刚从梦里醒来，一揉开睡眼，便又思念那市侩了。我想：他今天会来吗？什么时候呢？早晨，过午，晚上？于是我跳下床来，急忙忙的洗脸，铺床，还把昨夜丢在地下的一本大书捡起，不住的在边缘处摸索着，这是凌吉士昨夜还忘在这儿的一本威尔逊演讲录。

五号方形

三月十四晚上

我是有如此一个美的梦想，这梦想是凌吉士给我的。然而同时又为他而破灭。所以我因了他才能满饮着青春的醇酒，在爱情的微笑中度过了清晨，但因了他我认识了"人生"这玩艺，而灰心而又想到死；至于痛恨到自己甘于堕落，所招来的，简直是最难堪的刑罚！真的，有时我为顾虑我所爱的，我竟想到我有没有力去扼死一个人呢？

32.

我想遍了，我竟為了保存我的美夢，為了免除使我生活的力一天天減少，須得是即刻上西山去。但毓芳告訴我，說她所託的找房子的那位住在西山的朋友還沒有回信來，我又怎好再去詢問或催促呢？不過我決心了，我決心讓高小子來嘗一嘗我的不承不順，不近情理的倨傲和侮弄。

三月十七

那天晚上葦弟賭着氣回去，今天又小小心心的自己來和解，我不覺笑了。並感到他的可愛。如若一個女人只要能找得一個忠實的男伴，做一身的歸宿，我想誰也沒有我葦弟可靠。我笑問葦弟，還恨姊姊不呢？於是他羞慚的說：「不敢。」姊姊，你有了解我吧！我是除了希冀你不會擯棄我以外不敢有別的念頭的。一切只要你好，你快樂就夠了！這還不真摯嗎？這還不動人嗎？比起那白臉龐紅嘴唇的如何？但是他又對我說：「葦弟，你將你將來一定是一切都會很滿你意的。」他卻露出慘然的一笑。「永世也不會！」……但願如你所說……這又是什麼呢？又是你我難受下的！我恨不得跪在他面前求他只賜我以弟弟朋友的愛吧，單單為了我的自私，我願我少些什麼，多快樂點。葦弟愛我，並會說那樣好聽的話，但他忽略了第一他應當真的減少他的熱誠，第二他也應隱藏起他的愛來。

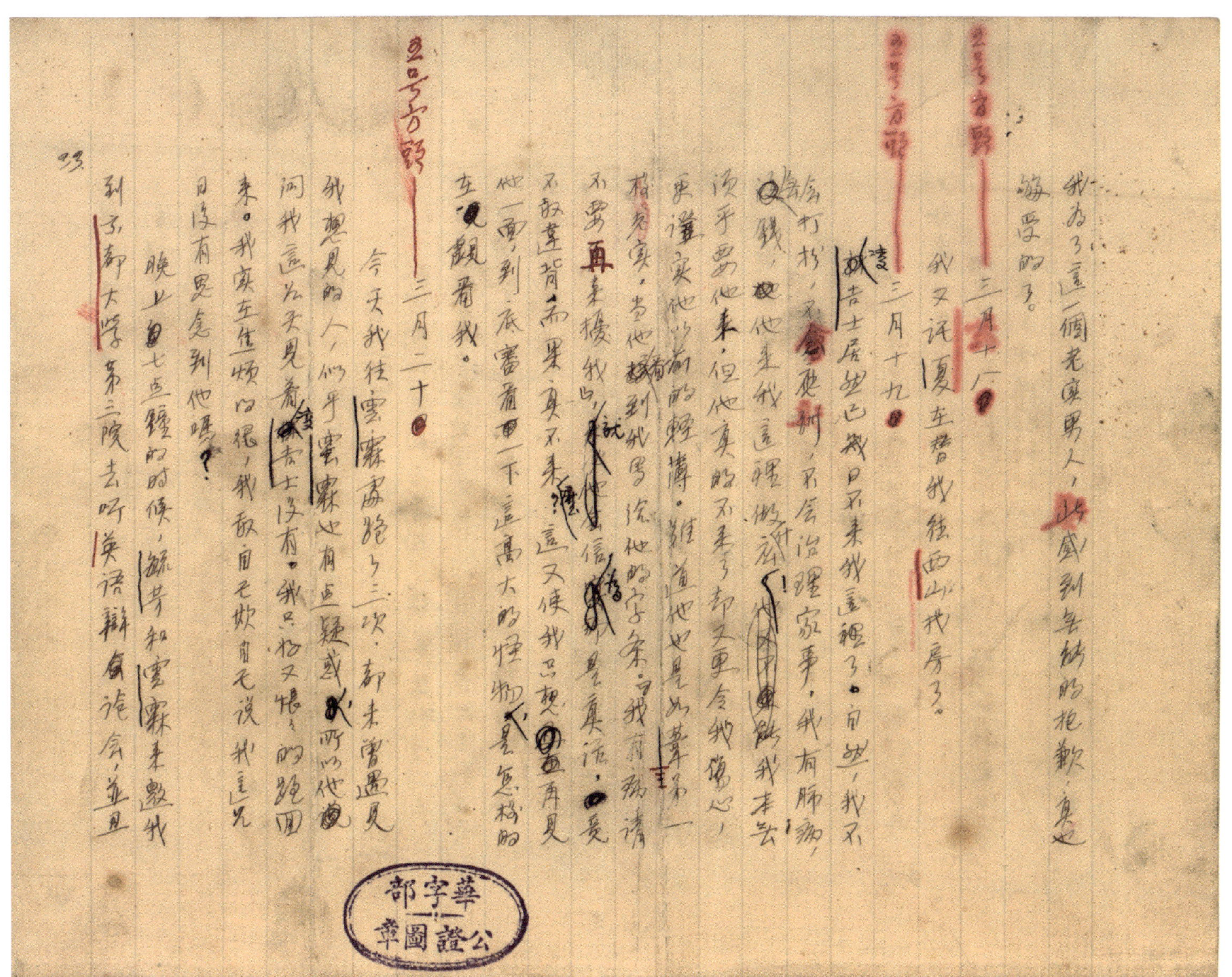

我為了這一個老実男人，此感到無限的抱歉，真也悔恨的了。

三月十八日

我又託夏在替我往西山找房子。

三月十九日

凌吉士居然已經三日不来我這裡了。自然，我不会打扮，不会應酬，不会治理家事，我有肺病，又無錢，他来我這裡做什么！我本来須乎要他来，但他真的不来了，却又更令我傷心，更證實他以前的輕薄。誰道他也是如葦弟一樣老実，當他讀到我寫給他的字条，我有點請不要再来擾我，他就[illegible]信[illegible]是真話，[illegible]竟不敢違背希望，真不来。這又使我只想再見他一面，到底審看一下這高大的怪物，是怎樣的在覷看我。

三月二十日

今天我往雲霖處跑了三次，都未曾遇見我想見的人，似乎雲霖也有點疑惑我，所以他就問我這兩天見着凌吉士沒有。我只好又悵悵的跑回来。我實在無聊的很，我敢自己欺自己說，我這兩日沒有思念到他嗎？

晚上自七點鐘的時候，葦弟和雲霖来邀我到京都大学第三院去听英語辯論会，並且乙组的组長便是凌吉士。我一听到這消息，心就立刻碰碰的跳起来。我只得拿病来推辞了這善意的邀請。我這会间的骄步，我没有胆量去承受那邀勇，我還是希望我能只見着他。不过在他俩走时，我却又请他俩致意到凌吉士，说我问候他。唉，這又是如何意识呀！

三月二十一

在我刚吃过牛奶，一種熟習的叩门声便響着，在纸格上還印上一個頎長的黑影。我只想跳过去开门，但不知为一種什么情感所支使，我噎着气，低下头去了。

"莎菲，起来没有？"這声音是如此柔嫩，令我一听到会想哭。

为了知道我已坐在椅子上吗，为了知道我会發脾气和拒絶吗，他轻轻的托开门便進来了。我不敢仰起我溼润的眼皮来。

"病好些没有，刚起来吗？"

我答不出一句话。

"你真在生我的气呀。莎菲，你厭煩我，我只好走了。"莎菲！

他走，於我自然很合適，但我又猛然抬起头拿眼光止住了他開門的手。

谁说他不是一個壞蛋呢，他懂得了。他敢於

把我的双手握得緊々的。他說：

「莎菲，你提弄我了。每天我走你门前过，都不敢進来，不是雲霖告我說你不会生我气，那我今天還不敢来。你，莎菲，你厭烦我不呢？」

誰都可以体会得出来，假使他這时敢於擁抱住我，狂亂的吻我，我一定会倒在他手腕上哭了出来：「我愛你呵！我愛你呵！」但他却如此的冷淡淡的，我又恨他了。然而我心裡又在想：「来呀，抱我，我要接吻在你臉上咧！」自然，他依舊還握着我的手，並把眼光緊釘在我臉上，然而我搜遍了他的各種表示中，我得不着我所等待於他的[illegible]。為什么他懂々只懂得我的会用，我的可憐！而不能了解他之在我心中所佔的是怎樣的地位！我恨不得用腳踢出他去，不过我又為了另一種情緒所支配，我向他搖了頭，表示不是厭烦他的来到。

於是我又很柔順的接受了他許多淺薄的情意，听他說着那些使他津々有回味的卑劣享樂，以及「賺錢和花錢」的人生意義。並且他暗示我許多做女人的本分。這些又使我看不起他，鄙笑他，我拿我的拳頭，隱々痛擊我的心，但当他揚々地走出我房时，我受逼得又想哭了。因為我壓制住我那狂熱的欲念，我未曾

35.

36.

请求他多留一会兒。

唉，他走了！

五号方头

三月二十一夜

在去年这时候，我过的是一种什么生活！为了有蕴姊千依百顺的溺爱我，我便装病躺在床上不肯起来，为了想受蕴姊抚摩我，便因着急会以安慰我而流着眼泪的滋味，我便伏在桌上想到一些小不满意的事而哼哼唧唧的哭。便有时因在整日静寂的沉思里得了点哀感，但这种淡淡的凄凉，却更令我舍不得去扰乱这情调，似乎在这里面我也可以味出一缕甜意一样的。至于在夜深了的公园，听躺在草地上的蕴姊唱牡丹亭，那又是更不愿想到的了。假使她不会被神提弄般的去爱上那苍白脸色的男人，她一定不会死去的这样快，我当然不会一人漂流到北京，虽说有几个朋友，她们也很体惜我，但我此感觉得出她们的和蕴姊的爱是在一个天平上相称吗？想起蕴姊，我是真应当像从前在蕴姊面前撒娇一样的纵声大哭。不过这一年来，因为无懂的得了一些事，虽说时时想哭，却又咽住了，怕让人知道了厌烦。还来呢，我更是不知为了什么只能焦急，而想得在空间去思虑一下我此做的，我此想的，关于我的身体，我的名誉，我

37.

的前途的好處和壞處的时間也沒有，整天把紊亂的腦筋只放到一個我不愿想到的去處，因為便是我想逃避的，此刻越把我弄成焦煩苦惱得不堪言說！但我除了說『死了也活該！』是不能再希冀什么了。我能求得一些同情和慰藉嗎？然而我所要在向人要气情了。

晚飯一吃过，毓芳便和雲霖來我這兒坐，到九点我還不肯放他倆走。我知道，毓芳准住在雲霖處，明天的課很早，一人走回去了。是我隱隱的向毓芳吐露我近來所感到的窘狀，我只想她能懂得這些，並且能硬自作主來把我的生活改变一下，做我自己所不能勝任的。但她完全把話听到反面去了，她忠實的告誡我：『莎菲，我覺得你太不老實，自然你不是有意，你們太不留心你的眼了。你要知道，凌吉士他們比不得在上海同我們見慣的那群孩子，他們很少機会同女人接近，受不起一点好意的，你不要令他將來感到失望和痛苦。我知道，你是不会愛到他呢!?』這錯誤是不是又該歸到我，假設我不想來助於她而向她饒舌，是不是她不会說出這更令我生气，更令我傷心的話來？我噓着气又笑了：『毓芳，不要把我說得太壞了吓！』

毓芳願意留下住一夜时，我催着她走了。

像那些才女們得了一点点不很學用，便能「我是多愁善感呀」「悲哀呀，我的心……」「……」做出許多新舊的詩。我呢，沒出息的，向這些詩境內着，更不要以哭來代替詩句來表現一下我的情感的搏鬥都不能。先在這上面，為了不如人，也應撩開一切去努力做人才對，便還退一千步說，為了自己的熱鬧，摹淺薄眼光之讚頌，我總也不該不拿起筆或鋒來。真的便把自己陷到比死還難忍的苦境裡，單單為了那男人的柔髮，經歷……

……！

我又夢想到歐洲中古的騎士，度，這拿來比擬是不会有錯，如其是有人看到讀吉士过的，他又能把那东方特長的温柔保留着。神把什么都给的都慨然賜给他了，但神为什么不再给他一些聰明呢？他还不懂得真的愛情呢！他確是不懂得，要说他有了妻（今夜縱芳告我的，他曾在新加坡乘着脚踏車追趕坐洋車的女人，因而患愛过一小段時間的，要说他曾在「韓家潭」住过夜。但他真得到一個女人的愛过么？他愛过一個女人么？我敢說不曾！

一種奇怪的思想又在我腦中燃燒了。我決定來教一教這大學生。這宇宙並不是像他所懂的那樣簡單的啊！

三月二十二

39.

在心的忙乱中，我勉强竟写了這些日記了。早先是因為蕴姊寫信来要，再三再四的，我只好開始来寫。現在是蕴姊又死了好久，我還捨不得不繼續下去，心想便為了蕴姊在世時此諄諄而我說的一些話而便永遠寫下去做記念蕴姊也好，所以無論我那樣不願提筆也只得胡亂寫下一頁半頁的字來。本来是睡了的，但望到掛在壁上蕴姊的像，是不住又爬起来，為免掉想念蕴姊的難受而提筆了。自然，這日記，我總是覺得除了蕴姊我不願給任何人看。第一是因為這是特為了蕴姊要知道我的生活而記下的一些瑣瑣碎碎的事。二来我也怕別人給一些理智的面孔給我看，好更刺痛我的心，似乎我自己也會因了別人的尊崇的道德而真的也感到像犯了罪一樣的難受。所以這里皮的小本子我是許久以来都安放在枕头底下的墊被的下層。今天不幸我卻違背我的初意了，然而也是不得已，雖說似乎是出於毫未思考。原因是葦弟近来非常誤解我，以致常常使得他自己不安，而又常常波及我。我相信在我平日的一舉一動中，我都很能表示出我的態度来。為什麼他懂不了我的意思呢？難道我能直捷的說明，和阻止他的愛嗎？我常常想，假設這不是葦弟而是另外一人，我將會知道怎樣處置是最合法的，偏偏又是如此令我思不下心去的一個好人！我無法了，我只好把我的日記給他看！

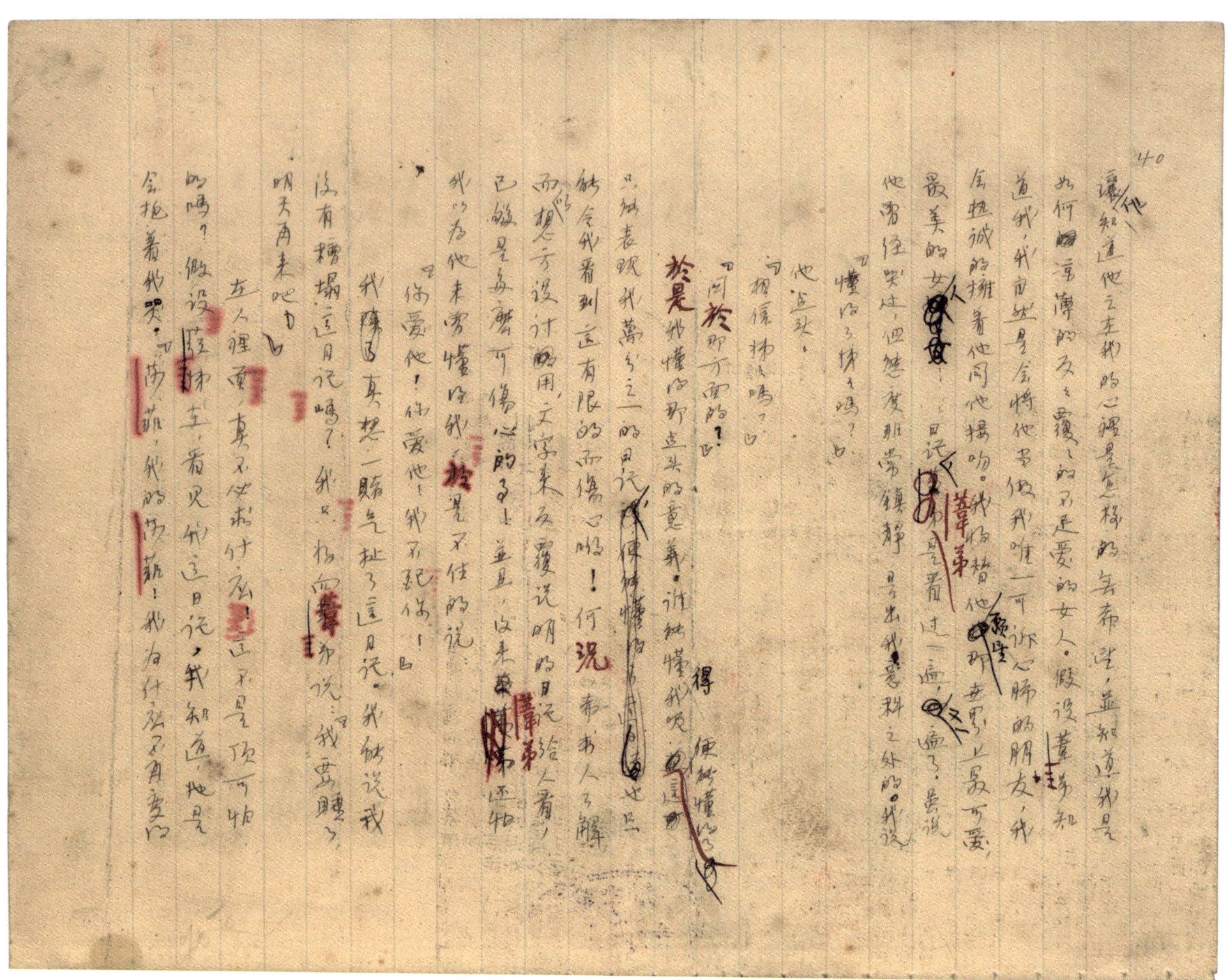

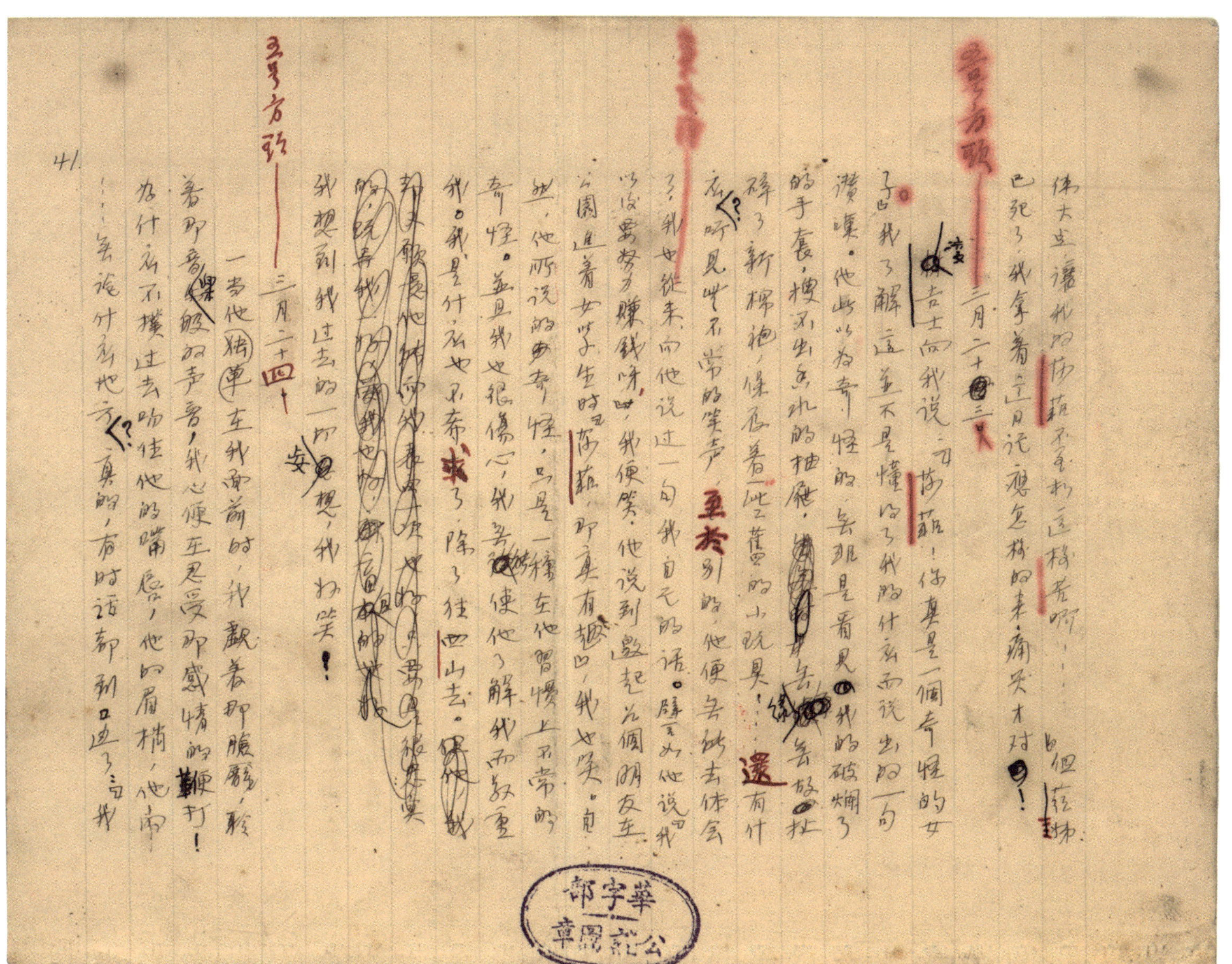

41.

体大些，讓我的莎菲不至於這樣苦吧！……已死了，我拿着這日記想怎樣的來痛哭才對呢！但莎菲

三月二十三

凌吉士向我說：「莎菲！你真是一個奇怪的女子。」我了解這並不是懂得了我的什麼而說出的一句讚嘆。他所以為奇怪的，無非是看見我的破爛了的手套，搜不出什麼的抽屜，褲子新棉袍，保存着一些舊的小玩具！……還有什麼呢？聽見些不常的笑聲，至於別的，他便無能去体会了。我也從未向他說過一句我自己的話。譬如他說：「我以後要努力賺錢呀！」我便笑。他說到邀起幾個朋友在公園追着女學生時，「莎菲，那真有趣！」我也笑。自然，他所說的都奇怪，只是一種在他習慣上不常的奇怪。並且我也很傷心，我無法使他了解我而敬重我。除了往西山去。我是什麼也不希求了。

我想到我過去的一切妄想，我好笑！

三月二十四

一當他獨自在我面前時，我歡喜那臉龐，聆着那聲音，我心便在忍受那感情的鞭打！為什麼不撲過去吻住他的嘴唇，他的眉梢，他的……無論什麼地方？真的，有時話都到口邊了：「我……

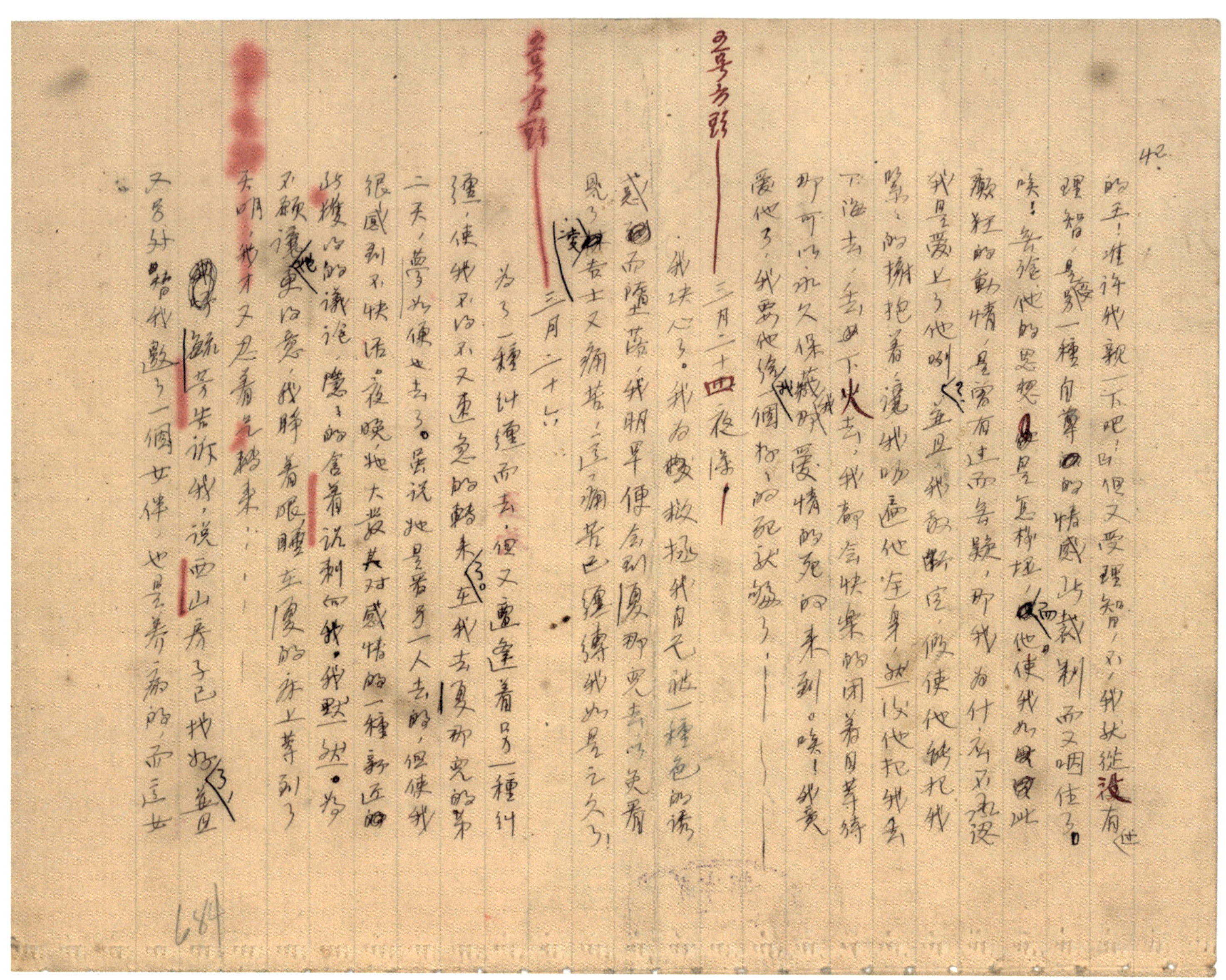

42

的手！准许我亲一下吧！但又要理智，不，我然从没有过理智，是另一种自尊的情感压住了。唉！无论他的思想是怎样坏，而他使我如此癫狂的动情，是曾有过而无疑，那我为什么不承认我是爱上了他咧？并且，我敢断定，假使他能把我紧紧的搂抱着，让我吻遍他全身，然后他把我丢下海去，丢下火去，我都会快乐的闭着眼等待那可以永久保藏我爱情的死的来到。唉！我竟爱他了，我要他给我一个死就够了……

三月二十四夜深

我决心了。我为拯救我自己被一种色的诱惑而堕落，我明早便会到复那研究去以免看见了凌吉士又痛苦，这痛苦已缠缚我如是之久了！

三月二十六

为了一种纠缠而去，但又重遭逢着另一种纠缠，使我不得不又速急的转来了。在我去复那研究的第二天，梦如便也去了。虽说她是另一人去的，但使我很感到不快活。夜晚，她大发其对感情的一种新近的此种的议论，隐隐的含着讥刺向我。我默然。为不愿让她更得意，我睁着眼睡在床上等到了天明，我才又忍着气转来……

毓芳告诉我，说西山房子已找好了，并且又另外替我邀了一个女伴，也是养病的，而这女

684

43

伴同蘇芬女算是一個很好的朋友。聽到這消息，應該是很欢喜吧，但我剛々在眉头舒展了一点喜色，而一種黯然的凄凉便罩上了。要說我從小便离開家，在外面混，但都有我的親戚，朋友隨着我，這次上西山，固然說起來离城只有几十里，但在我，一個活了二十岁的人，開始一人跑到墓生的地方去，還是第一次，假使我竟無声無息的死在那山上，誰是第一個發現我死屍，我能擔保我不会死在那裡嗎？也許別人会笑我擔憂到這些小事，而我却真的笑比，当我问蘇芬擔不擔心我时，而蘇芬却笑，笑我问小孩话，說是這一点々路，有什么擔不擔心，直到蘇芬准許了我每禮拜上山一次，我才不好意思的揩乾淚眼。

下午我到葦弟那兒去了，葦弟也說他一禮拜上山一次，填蘇芬不去的空日。回来已夜了，我一人寂々寞々的在收拾東西，想到我要离開北京的這些朋友們，我又哭了。但一想到朋友們都未曾向我流淚，我又擦去我臉上的淚痕。

我是將一人寂々寞々的离開這古城了。

在寂寞裡，我又想到淩吉士了，其實，說不是這樣說，淩吉士簡直不能說「想起」，又「想起」，完全是整天都在盤念到他，只能說：又来備我的淩吉士吧。這幾天我故意造成的离別，在我是不可計的損失，

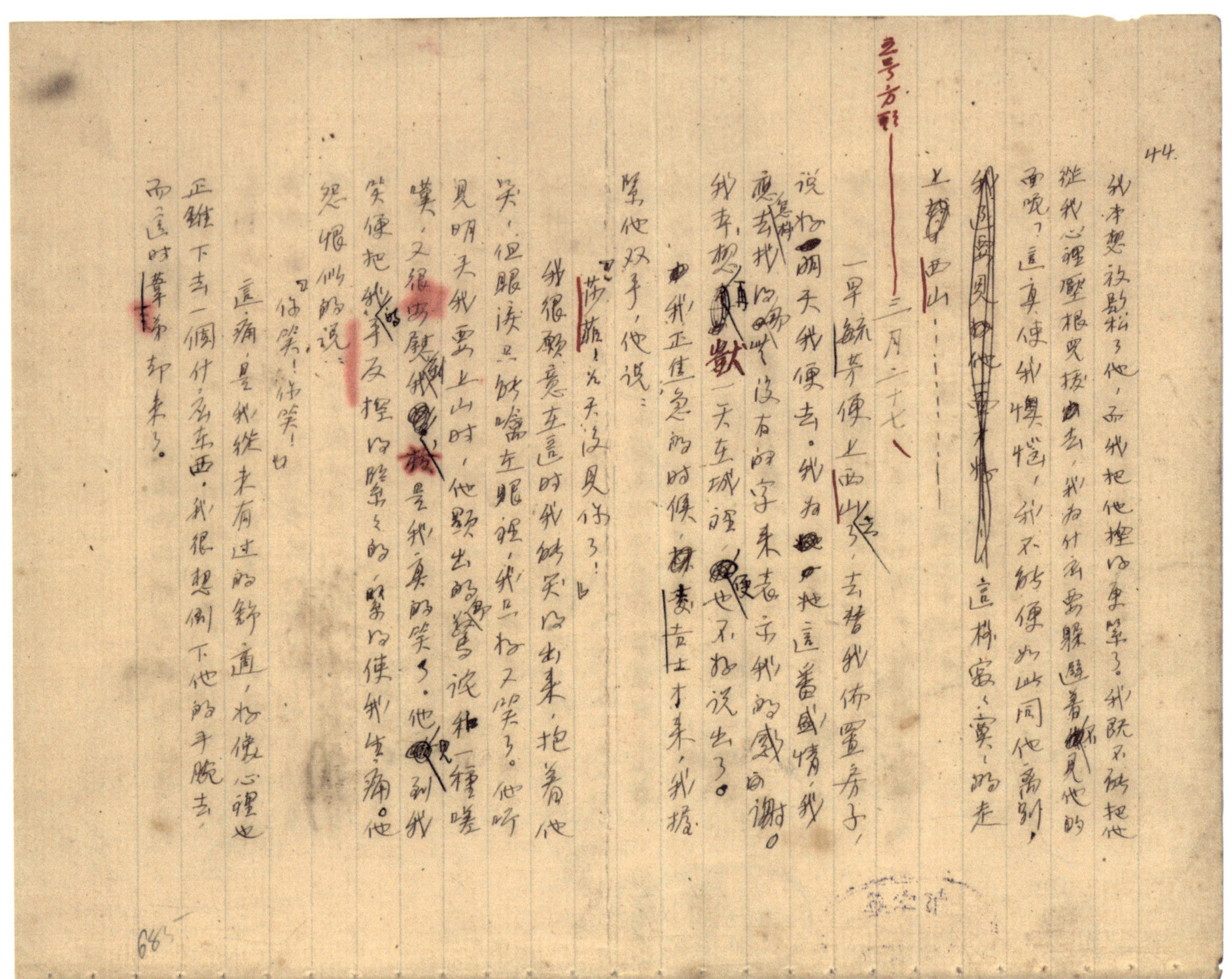

44.

我本想放鬆了他，而我把他捏的更緊了。我既不能把他從我心裡壓根兒拔出去，我為什么要躲避着不見他的面呢？這真使我懊惱，我不能便如此同他離別，這樣安安寞寞的走上西山……

三号方體

三月二十七

一早毓芳便上西山了，去替我佈置房子，說好明天我便去。我為他這番盛情，我應去找些沒有的字來表示我的感謝。我本想有一天在城裡，便也不好說出了。我正焦急的時候，凌吉士才來，我握緊他双手，他說：

"莎菲！几天沒見你了！"

我很願意在這时我能笑得出來，抱着他笑；但眼淚只能噙在眼裡，我只好又哭了。他听見明天我要上山时，他顯出的驚訝說和一種嗟嘆，又很像我的淚。是我真的笑了。他見到我笑便把我手反捏的緊緊的，緊的使我生痛。他怨恨似的說：

"你笑！你笑！"

這痛是我從未有过的舒適，好像心裡也正墜下去一個什么东西。我很想倒下他的手腕去，而這时葦弟却來了。

683

45.

苇弟知道我恨他来，而他偏不走。我向着陵吉士使眼色，我说："你这点钟有课吧？"于是我送陵吉士出来。他问我明早什么时候走，我告诉他，我问他还来不来呢，他说要四点钟后便来，于是我望着他快乐了，我忘了他是怎样的可鄙人格，和美的相貌了！！这时他在我的眼里，是一个传奇中的情人。唉！！莎菲有了一个情人了！…………

三月二十七晚

自从我走，苇弟到这时已是整整五个钟头了。在这五个钟头里，我应怎样才想得出一个恰合的名字来称呼他？像热锅上的蚂蚁在这小房子里不安的坐下，又躺下，又站起，又跑到门边瞧，但是——他一定不来了！他一定不来了！于是我又想哭，哭我走得这样凄凉，北京城里就没有一个人来陪我一哭吗？是的，我是应该离开这冷落的北京的，为什么我要舍不得这板床，油腻的书桌，这三条腿的椅子…………是的，朋友早我就走了，北京的朋友们不会再厌烦莎菲的病。为了朋友们轻快的舒适，莎菲便为朋友们死在西山也是该的！但既能为此让莎菲一人得不着一点热情的，寂寂的上山去，想来莎菲便不死，也不会有损于谁人心吧！……不想了！不想！有什么值得想的？假使莎菲不如此贪心在撄取感情，那莎菲不是便很可满足于那些同间的同情了吗？！………

関於朋友，我不说了。我知道毓芳也不会使满
蕴姊是满足这人间的友谊的。
但我能满足什么呢！？凌吉士答应我来，而这
时已晚上九点了。纵是他来了，我便会很快乐吗？
他会给我些需要的吗？……
想起他不来，我又该恨我自己了！在很早的从
前，我便懂得对付那一种男人，便把自己那一种态度，而到现
在反蠢出了。当我问他还来不来时，我怎能显露出那
希求的眼光，在一個漂亮人面前，是不应老实讓
人瞧不起……但我爱他，为什么我要使用技巧？我不
能直接向他表明我的爱吗？并且我觉得只要於
人无损，便吻人一百下，为什么便不可以被准许呢？
他既答应来，而又失信，显见得是在戏弄
我。朋友，毓芳於是在莎菲走时，总不至於像……是
一種損失吧。
今夜我简直狂了。语言，文字是怎样在这
时显得无用！我心像被许多小老鼠啃嚼着一样，又
像一盆火在心里燃烧。我想把什么东西都捣破
，又想冒着夜气在外面乱跑去。我无法制止我狂热
的感情的激荡，我便躺在这热情的针毡上，又
过去也翻着，翻过来也翻着，似乎我又是在
油锅里听到那油沸的响声，感到浑身的灼热……
……为什么我不跑出去呢？我等着一種渺茫

718

47.

的無意義的希望到來！哈……想到那紅唇，我又癲了！假使這希望是可能的話——我獨自又忍不住笑了，我再三再四反覆問我自己：“愛他嗎？”我更笑了。莎菲不會傻到如此地步去愛上那南洋人。難道因了我不承認我的愛，便不可以被人准許做一點究於人也無損的事？

假使今夜他竟不來，我怎能甘心便跑上西山去……

唉！九點半了！

九點四十分了！

——三月二十八晨三時

，莎菲生活在世上，所要人們的了解她體會她的心太熱烈了，所以長遠的沉溺在失望的苦惱中，但除了自己，誰能夠知道她所流出的眼淚的分量？

在這本日記裡，與其說是莎菲生活的一段記錄，不如直接算為莎菲眼淚的每一個點滴，是在莎菲心上，才覺得更切實。然而這本日記現在是要收束了，因為莎菲已無須乎此——用眼淚來洩憤和安慰，這原因是對於一切都覺得無意識，流淚更是這無意識的極深的表白。可是在這最後一頁的日記上，莎菲應該用快樂的心情來慶祝，她是從最大的那失望中，驀然得

48.

到了滿足，這滿足似乎要使人快樂得到死才對。但是我，我只從那滿足中感到勝利，從這勝利中得到淒涼，而更深的認識我自己的可憐處，可笑處，因此把我的這幾月來縈縈於夢想的一些美事毀滅了，——這個美便是那高個兒的丰儀！

我應該怎樣來解釋呢？一個完全癲狂於男人儀表上的女人的心理！自然我不會愛他，這不會愛，很容易說明，就是在他丰儀的裡面是躲着一個何等卑劣的靈魂！可是我又傾慕他，思念他，甚至於沒有他，我就失掉一切生活意義的保障了；並且我常常想，假使有那末一日，我和他的嘴唇合攏來，密密的，那我的身體就從這心的狂笑中瓦解去，也願意。其實，單單能獲得騎士一般的那人兒的溫柔的一撫摩，隨便他的手尖觸到我身上的任何部分，因此就犧牲一切，我也肯。

我應當發癲，因為像這些幻想中的異跡，夢似的，於毫無困難的都給我得到了。但是從這中間，我所感到的是我所想像的那些會醉我靈魂的幸福嗎？不啊！

當他——凌吉士——在晚間十點鐘來到時候，開始向我囁嚅的表白，說他是如何的在想念我……還使我心動過好幾次，但不久我看到他那被情慾在燃燒的眼睛，我就害怕了。於是從他

49

那卑劣的思想中所发出的更丑恶的誓语，又振起我的自尊心来！假使他把這串浅薄肉麻的情话去对别個女人说，一定是很動听的，可以為一個所謂的愛的心吧。但他却向我，就由這些话语的力，把我推得隔他更遠了。唉，可憐的男子！神既然賦与你這樣的一付美形，却又瞎了的捉弄你，把那樣一個毫不相襯的灵魂放到你人生的顶上！你以為我此希望的是「家庭」吗？我此欢喜的是「金錢」吗？我此驕傲的是「地位」吗？「你，在我面前，是顯得多么可憐的一個男子啊！」我真要為他不幸而痛哭！然而他依樣把眼光鎮住我臉上，是被情慾之火燃燒得如何的怕人！倘若他只限於肉感的滿足，那末他倒可以用他的色来摧殘我的心；但他却笑出声的向我说：「莎菲，你信我，我是不会負你的！」啊，可憐的人！他還不知道在他面前的這女人，是用如何的輕蔑去可憐他的使用這些做作，這些话！我竟忍不住而笑出声来。說他也知道愛，会愛我，這只是近於開玩笑！那情慾之火的巢穴——那两隻灼閃的眼睛，不正在宣佈他除了可鄙的淺薄的须要，别的一切都不知道么？

「喂，聰明一点，走開吧，「韓家潭」那個地方才是你尋樂的場所！」我既然認清他，我就想該這樣說，教這個人類中最劣種的人究竟懷間去。然而，雖說我暗暗地在嘲笑他，但當他大膽地貿然伸開手臂來擁我時，我竟又忘記了一切我臨時失掉了我此有的一些自尊和驕傲，我是完全被那僅有的一副好儀迷住了，在我心中，我只想，可緊些！去抱我一會兒吧，明早我便走了！假使我那时還有一点自力制，我該會想到他的美形以外的那东西，而把他像一塊石头般，丢到房外去。

唉！我能用什么言語或心情來痛悔了！

他，凌吉士，這樣一個可鄙的人，吻我了！我靜靜默默的承受着！但那时，在一個溫潤的軟热的东西放到我臉上，我心中得到的是些什么呢？我不能像別的女人一樣會暈倒在那愛人的臂膀裡！我是張大着眼睛望他，我想：「我勝利了！我勝利了！」只因為他此以使我迷戀的那东西，在吻我时，我已知道是如何的滋味——我同时鄙夷我自己了！於是我忽然傷心起来，我把他用力推開，我哭了。

他也許忽略了我眼淚，以為他的嘴唇是給我如何的溫軟，如何的撒膩，是把我的心醉到發迷的狀態裡吧，所以他又挨我坐着，繼續的說了許多所謂愛情表白的肉麻話。

798

51.

『何必把你那令人惋惜處暴露得無餘呢？』

我真，這樣的又更可憐起他來。

我說：『不要亂想吧，說不定明天我便死去了！』

他听着，誰知道他对于這話是得到怎樣的感觸？他又接吻我，但我躲開了，於是那嘴唇便落到我手上……

我決心了，因為這时我有的是充足的清晰的腦力，我要他走，他常常抱怨顏色，纏着我。我想：『為什么你也是這樣傻勁呢？』他於是直接到夜十二点半鐘才走。

他走後，我想起適间的事情，我就用所有的力量，來痛擊我的心！為什么呢，給一個如此我看不起的男人接吻？既不愛他，還嘲笑他，又讓他來擁抱？真的，單憑了一種騎士般的風度，就能使我墮落到如此地步么？

總之，我是給我自己糟蹋了！凡一個人的仇敵就是自己，我的天，這有什么法子去报復而償還一切的損失？

於在這宇宙间，我的生命只是我自己的玩品，我已浪费得夠了，那末因這一番经驗而使我更陷到極深的悲境裡去，似乎也不成一個重大的事件。

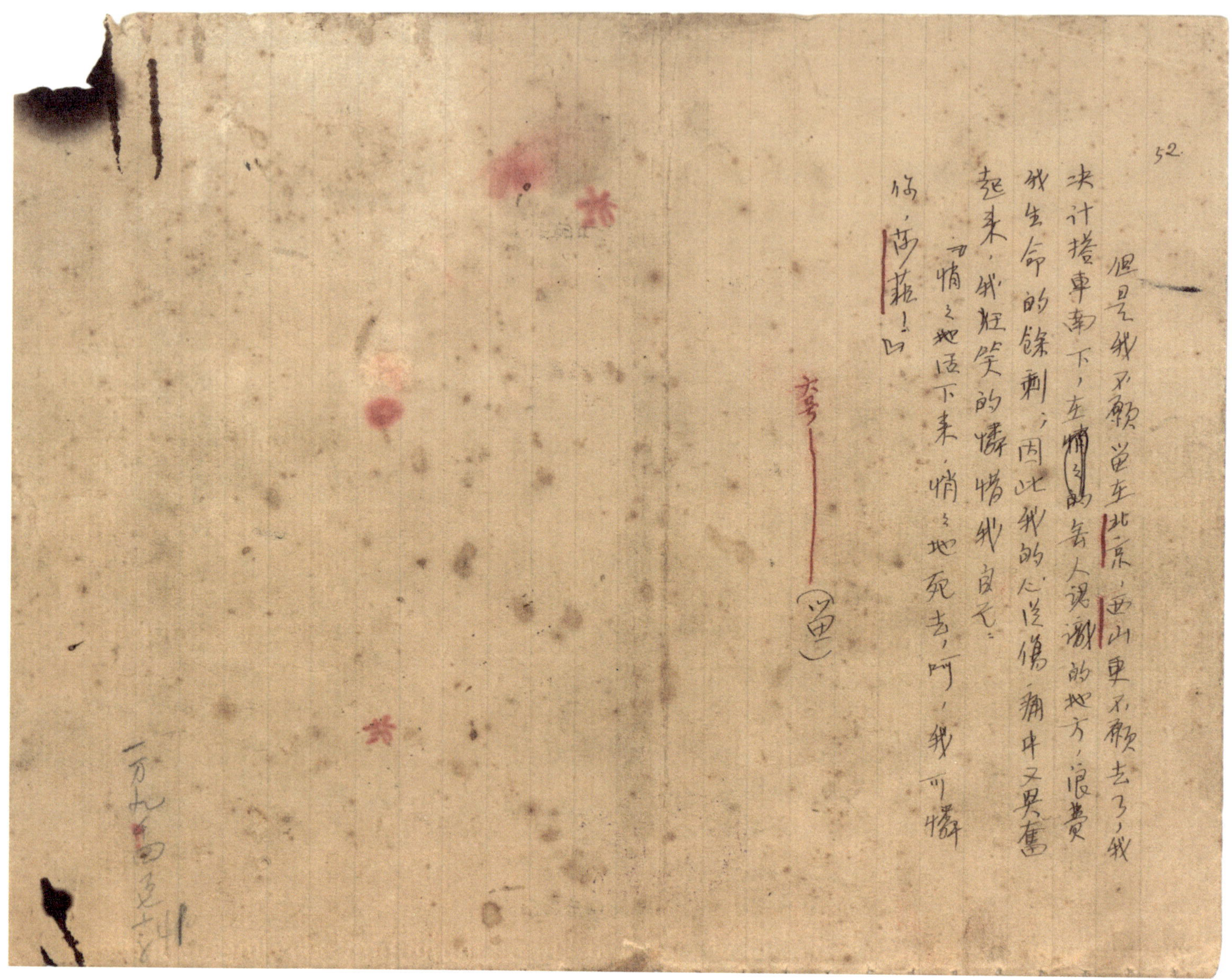

52.

但是我不愿留在北京，西山更不愿去了，我决计搭車南下，在悄悄的無人認識的地方，浪費我生命的餘剩；因此我的心從傷痛中又奮起来，我狂笑的憐惜我自己：

"悄悄地活下来，悄悄地死去，呵，我可憐你，莎菲！"

完

（留）

一万九千四百五十八

暑假中

丁玲文稿，41页，纵20.5厘米，横26.7厘米。

《暑假中》为丁玲早期代表作，初次发表于1928年5月10日的《小说月报》第十九卷第五号，同年收入短篇小说集《在黑暗中》。谢旦如捐赠，二级文物。

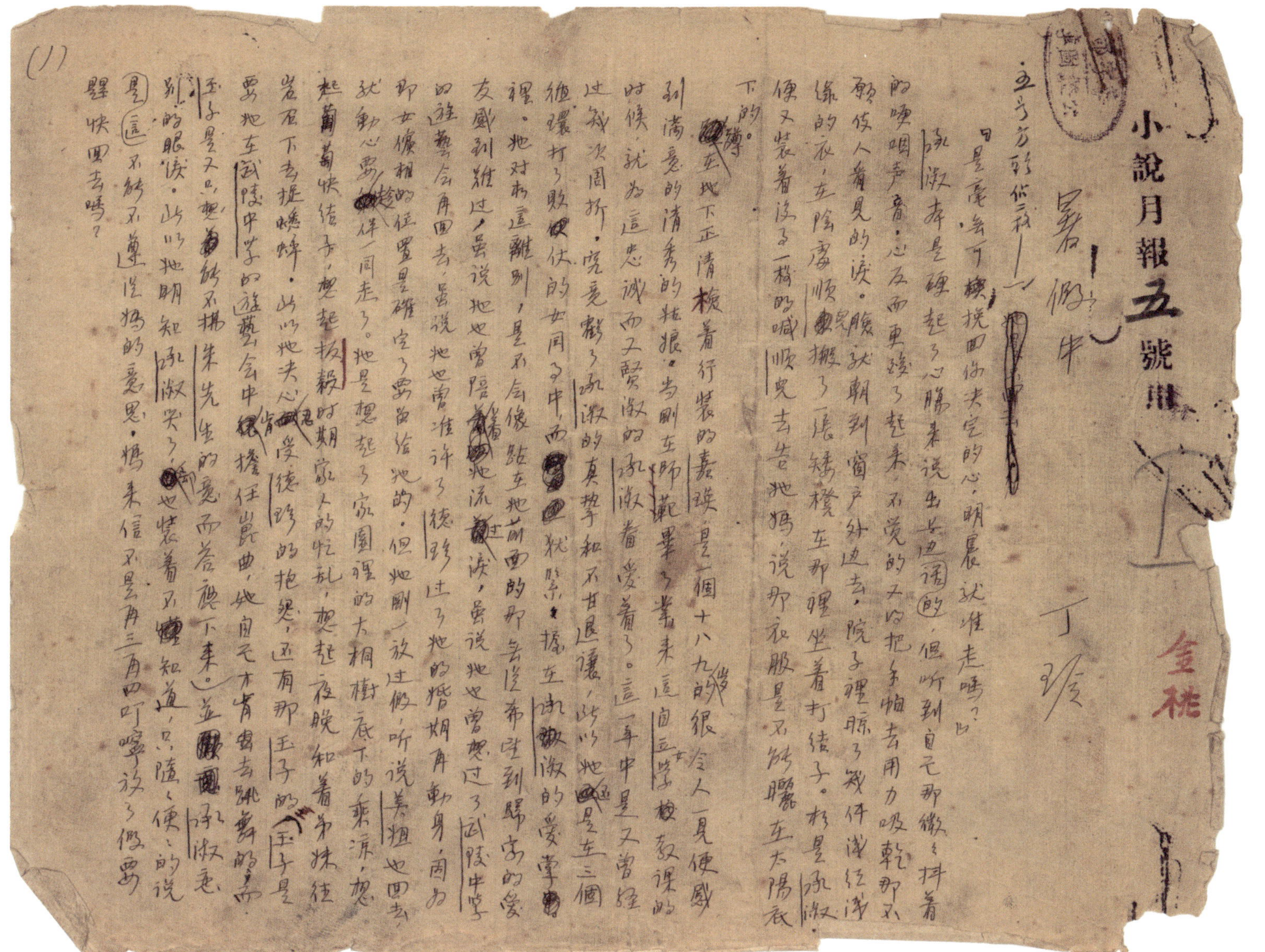

小說月報五號

暑假中

丁玲

全稿

"是哀求了嬤嬤，挽回你決定的心，明晨就准走嗎？"

承淑本是硬起了心膽來說出這話的，但听到自己那微微抖着的哽咽聲音，心反而更跳了起來，不覺的又想把手帕去用力吸乾那不願使人看見的淚。臉就朝到窗戶外邊去，院子裡晾了幾件淺紅淺綠的衣，在陰處順兒搬了一張籐櫈在那裡坐着打結子。於是承淑便又裝着沒了一樣的喊順兒去告她媽，說那衣服是不能曬在太陽底下的。

在找下正清檢着行裝的嘉瑛，是一個十八九歲的很令人一見便感到滿意的清秀的姑娘。當剛在師範畢了業來這自立女學校教課的時候，就為這忠誠而又賢淑的承淑看愛着了。這一年中是又曾經过幾次周折，究竟戰了承淑的真摯和不甘退讓，所以她終是在三個循環打了敗仗的女同事中，而獨獨攬在承淑的愛掌中裡。她对於這離別，是不會像站在她面前的那無從希望到歸家的愛友感到難过，雖說她也曾陪着她流过淚，雖說她也曾想过了武陵中學的遊藝會再回去，雖說她也曾准許了德珍过了她的婚姻再動身，因為那女儐相的位置是確定了要留給她的。但她剛一放过假，听說美姐也回去就動心要約個伴一同走了。她是想起了家園裡的大桐樹底下的乘涼，想起葡萄快結子，想起採穀的時期家人的忙亂，想起夜晚和着弟妹往岩石下去捉蟋蟀。所以她決心背了承淑的愛、德珍的抱怨，還有那玉子的。玉子是要她在武陵中學的遊藝會中擔任崑曲，她自己不肯出去跳舞的，而玉子是又只想着能不拂朱先生的意而答應下來。並且承淑還別的服侍。所以她明知承淑哭了，也裝着不懂知道，只隨隨便便的說是這不能不遵從媽的意思。媽來信不是再三再四叮嚀放了假要趕快回去嗎？

(2)

『自然你是不回去的！讓我們沒有媽的人留在這古廟的學校裡吧！』講到媽越觸起了自己可憐的往事，只想能放声哭出来就好。在往日，也許便又要抱着嘉瑛哭，但這时，心裡是又正有幾分生着她的气，所以楚转身便跑到外间屋子去了。

假使她是能像嘉瑛在師範三級时的那個好朋友，好打好闹的，或者会使嘉瑛更容易解决，便是立即捲起铺盖走。但她只默默的伏在外间桌上感傷她的命運，則使得新近也學会賭气的嘉瑛为難了。她想追到外间去勸勸她，但又不知怎樣說才好，說是這傷心是该的，自己又不忍心看下去，於是她把理好的衣服一股兒丢到床上去，看見为弟妹们买的洋囡囡隨着衣服也歪倒在枕头旁，不觉又生起气来，粗着声音朝着外间说：『好，不回去！不回去！守着你一輩子！』

承淑听说不回去，心一喜，把往了又揉开了，懂得那声音是含有气，便又走回裏间来，想安慰那为自己犧牲了回去歇夏的嘉瑛，但嘉瑛已由旁门跳到前院去了。

此神前院，也只是一個從教室角上拐出来的五尺大的天井。在天井後一間小小的房裡是住着德珍和惠芸。這时德珍正在挑枕头上的英文字母，惠芸在床前的竹床上睡着了。

嘉瑛一跑进来便嚷：『誰肯陪我到美姐那兒去？』

『你的承淑呢？』德珍是曾很有些好意在嘉瑛身上的，於今雖說快結婚，已会意於朋友的人，但对於承淑，說起来總是酸酸的。

『又在哭着呢。我算怕了她。到武陵小學部去告美姐，說我不能同她一路走，免得明天她在輪船上老等我。好，好妹妹，陪我走一趟路，满远呢，洋車我怕坐。岩校不开，走得不好，人都可以翻出来。』

『哼，不中用！那樣怕死呀！』說完了，不動身，只含着冷冷的笑。

這把嘉瑛倒弄得不好意思起来，訕訕的又去推还沒被吵醒的惠芸：

『去是去，得答應一個条件。不答應，攆起芸来也無用。』

明天明

要打牌，缺個脚，芸又不願去，你答應，則我今天陪你走，也把芸娥耀，不是三人去会好玩些，是免得等下两边又吵嘴，我如今是怕死了這麻烦了。」

嘉瑛自然是笑着答應了。

到吃晚飯时，三人才踉踉蹌蹌夹着一些大包和小包走回学校来。大半东西都是德珍的，嘉瑛也买了一盒花篮牌香粉，和两把玲瓏的玳瑁小扇，一把自己用，一把送承微。等不得承微洗完澡，便隔着窗户说：「微妹，微妹，我给你买了一件好东西呢，你快些来看！」

对面房裡住的志清，看見已去盡淚痕的這一对，便嘲諷似的笑着问：「又不回去了嗎？」

「不回去了。」嘉瑛是在非常忘情於一切的倚在承微肩膀上，只静静的享受着承微輕輕搧过来的蒲扇的微風，風搧動那剛撲上的香粉气味，於是她又把眼睛眯着，来细聞這點氣。承微也忘了這两三天来那突没的疲倦，一面搧着扇，一面又柔柔的去撫着那放在她膝上的另外一隻小手。心頻頻的在快樂的響着：「又不回去了！她是不回去了！」

(4)

二.

然而承淑便能像她此想的那样的着满足了吗？不呵，在第二天承淑是又独自躺在铺有竹席的床上嘤嘤啜泣了。這傷心是连她自己也分析不来的。未必真是完全為了嘉瑛之不能了解她寂寞的心而体贴她，而始终不离开她以使她一看見自己那孤独的便要哭！不过假設嘉瑛是不同着德珍一早就出去到下午还不歸，那承淑的心是会很安定的同在這学校，看一看刚買来的那些通俗的言情小说，或為嘉瑛绣裙上的花……但現在她只能想到过去的一些甜蜜和未来棹嘉瑛的下怕生涯。[illegible]看見自己孤另的無所依恋的命運，使什么也不使她灰心，心想倒不如現在死了还好，至少是可以留下一個深的记念在嘉瑛的心上，無论嘉瑛以後会有同许多的人又相好去。想到死，[illegible]的心一傷，不觉此任情的哭了起来。[illegible]

順兒一听到哭声，便跑来到房门口踮着脚尖来瞧。房裡是静悄悄的。帐子是垂着，那唯一的病哭声便从帐裏傳出来，於是順兒便又跑回自己的房裡告她妈。但因她只從自己房子裡譯了一声又拍拍打打去摺她的衣。這幾位先生哭泣的了，在她刚来的時也常常見过的，以為是一種病的現象，既然平常又是都会服常快樂的人。慢慢的日子一長，覺得此诸多人的擔心，勸慰，来的都是毫無意識，她們只是欢喜那樣闹着玩吧了。也许因了旁人的睬理，而第二次的哭是会来得更快些也有之的。

微微感到先生的順兒於是又躡手躡脚的摸到未曾出去的志清房裡，正在拆一双穿破了的毛絨襪。

“先生，先生！……”

志清是老气横秋的望了她一眼，說是快到二年级的学

(5)

生了，應該变得大方些才对。

順兒听了這些令人感不到快樂的教訓話，把未吸這裡是為什么来的了已忘去，只懊惱着，咕着嘴，默默的一人摸到前院的教室裡去了。

其实志清已听到了淑徽的哭声，也知道這哭是為了什么；她嘲諷似的向着自己說：「打發回福去把蠢鐵送回来吧。」没来，也許為了那哭声擾得她不安，並且在人情上也得过去给别人一些安慰，所以她把那拆下来的毛绳理好，便走到（穿过中间的房）這间房裡来。說了許多（所半說的或着現成的）勸慰，替她把帽子掛起，找出去那歡上的沾渍的汗和淚的，又替她从手巾把，又替她倒热茶，又替她打着扇，這使淑徽自自然然的不好意思哭，还得转过臉来，似乎已不傷心一樣的来同别人閒談。並且还想起永遠也找不到一個朋友的志清，又覺得連這哭也似乎是很可驕傲的一樣，而又很親切的同着她談話了。而志清呢，是会從領解這不意的同情，覺到别人是如此经不起好话的意思来，便又形容别人的小孩識气，並且批评到議到她们母校的坏風气；本来是好好的人，只要進了武陵女子師範兩個月，便可学会了許多在家庭中在别個学校中三年还学不好的一些课本以外的知識，甚至忘了来学校是為什么，只一天到晚顛倒於接吻呀，擁抱呀，写一封信情情的去在别人床头呀，（有那些）然恨，眼淚，以至於那些不雅看的動手動脚都全会了。這不是很可笑的了嗎？在女孩子們同為女孩子們中会有着决鬥的了，而這决鬥是只為了口舌的？

淑徽是找不出理由来為自己分辯，並且覺得這議论有着一部分也对的；想起母校的胡闹情形，以及自己七八年来歡笑，苦惱於相交鎔的幾個此神朋友的懷中，而学得的是些什么？幾種不很明瞭的科学常識，和只能認懂简单句法

6

的外國天；說到本國了呢，那是更渺茫了！真不知因什么方法才可以好起：……此所以只好瞎々的低下頭去。

這位的志情把什么都忘了，忘記了自己在師範時的那次失敗，忘記了自己也曾憤恨過，也曾為了一人睡而傷心过，把儼然的更發起那滔々的議論來，了，又问着承淑道：

『你还堅持你的獨身主義嗎？』

承淑又点着头。

於是她又嘲笑起那群也曾宣过誓言這名詞而犧牲的同学们：

『有的呢，是壞在母親到一些並不能懷自己滿意的莊稼人家，生是人家，又有些也是讓別人把自己送到那些軍爺處去做小姨々，還有些也便投了降，給她任朋友来主宰命運，隨便給介紹一人來歸结這大了，至於其他的，還擁護這旗幟的一些，則擁抱住女友，互相給予一些含情的，不正經的眼光，甜膩的聲音，做得来是沒有一絲不同於一对新婚夫婦如此做的。』

聽了這漫罵識律到許多人的憤慨话，承淑不覺也红臉了，心想二『你當面在罵我呀！』但承淑卻平着气问：

『那末，你呢？』

『只，有我才是真々的獨身主義者！』說出了這句话，是更顯得驕傲的荷直連什么都不能使她看得起，感情也是可笑的东西。

『錢呢？』這话是只在承淑的心裡如此說，把那些使人不平的議論放在心上，故意又把话说到別的事上去，想免掉再看那一張興奋到連眼睛也红了的臉。志情也就把话头转了方向。

如若拿起這自立女校的教員相比着來看，則承淑的时的操勞，以及时々為了哭泣而变得很有擠緣的眼眶，都不准她會比嘉瑛，匡子，德瑶，……的可愛，不过假使講到性格上来，則要算她一人沒有那輕佻，那浮躁，那刻薄，此所以她常々隱思着許多無謂的私室话，為的怕有人又同她起衝突，並且觉得自己当别人剩剩的时，自己也好像被刺着一般的难过，此以她把想起了去报复志清的话没说出，只咽在心里想了一遍，便算为已报復过了一样的心情。[illegible]不想到她情上又懊恨着。万一这是换了另外一人，则志清的心难免要被插进一把尖刀去，也留下那不可忘怀的一条伤痕。这是真的，在着到每月只有十六元薪水的志清，却瞎瞎地储了不少钱，而她那说起来都不会令人相信的吝啬，又使得那几位年轻的同事都知道了这事，并探听得很清楚了：礼拜六志清出去是到哪一条街收取哪一笔钱的息金，[illegible]本钱是多少，刹车又是多少，息金拿来是又凑足[illegible]另外又放到哪一处生利去了。而这几位虽是领了和志清一样多的钱，或多到四块或六块的，却常常在闹着穷没钱。因此她那存着钱，连[illegible]子也不常买的人，是常常为了这，被讥笑着的。说恨人，也无法，别人又都是那样玩着的来说这了。只好一当好在人在闲谈时，志清便留心又留心的怕把话题引到钱方面，如听到别人一说起，则自己先掉转身走回自己房里去。这心情也不会不使人懂的，不过不是好意来咀着她玩的，怕只有在她也认为不是甚的乃敛吧。

三、

天气是一天热似一天，比快放假时的那几天更热。在武陵这偏僻的地方人热便无法想，又少树木，又少广场，窄窄的房子围着窄窄的街。一清早，满街便都是那些踱早凉而题到城外河下去挑水的厨夫。在有着井的街旁，也是拥挤着赤着背的人和陈旧的水桶，街上的岩板，又为那穿着粗草鞋的脚印上许多泥的印。不久，从乡下来卖菜的担子，是又密密排在街头的两旁，沿街叫换着的是那些等天亮才动身缺睡觉的到远了，无法放下那肩上的扁担，只好沿着一家家的

8.

大门去吆喚，溼的岩板再加上他們脚底下從鄉下常来的黄土，札是滿是泥濘了。既至太陽的影子一下了墻，街上及安靜了。除了幾個少人看管的赤着身的孩子，在陰處滾着錢，便只剩一兩個行人，是賣揮着大蒲扇，匯匯在找那太陽曬不着的地方走。还有，便是那敲着梆賣涼拌麵，涼粉拌米粉的，挿着小銅鑼賣把木瓜子洗成凉粉的，以及那帶着破寬边草帽的賣西瓜的人。要熱闹是要等太陽下了山，於是換家換户，那些院子小，人口多的，都把些有的大小竹床搬搬的放在大門外，大人小孩都很舒適的便躺在這上頭，坐在這上面同隣家的家房子来談講到天氣。有的呢，是把晚餐也搬来這裡用的。便是那有着高大房子的，少爺們是也喜欢看着下人們的熱闹，把躺椅也搬到大门外边来。便是有些掃め也很喜欢站在门边来看过往过来的行人，行人因此更多了。有不少是为了拜訪朋友，慶祝親着，產業的糾葛，生意的賬項而談着這晚涼来整忙完結要了的人，大半呢，是居於一些穿着長夏布袍，手脚洗的很乾淨的一些年青人和放了假回往在學校的穿白制服的中学生，以及那些不受人欢迎的拖着髒灰布衣的兵士。差縂在這时，發現幾個穿淺色衣裙，剪了髮的，則把這全街的眼光都吸去，無論在這小縣城裡已有着五六個学校的女教員，而這教員又是有在於幾年中已認識了的，但只要一見着短裙的影，不覺的，並且还要瞎示着別人来給那在街上走的一些寶。为了這夏天在晚边的熱闹的街市，倒使得有些不願示衆的把腿也休息着了。

自立女学是一個小小的舊廟改建的，是拿正殿，佈置成礼堂，其餘的，都是不很圓正的一些不大的偏房分做着教室和教員的臥房的。後宇雖很破，但不矮，礼堂且給为着別的幾個更小的学校所羡慕的。就是緊附近住在一家雜貨

(9)

床的兵爺，也曾要進过這陰涼的礼堂，想了一兩排人进来的。所以這個寄住在学校不回家的幾人是當一吃过早飯就不約而同的把些涼床躺椅之類的東西，搬到這礼堂的一角上，於是幾人就閒談着一些自己家鄉中的些鮮有的怪聞，或於親隣中的一些曖昧了，並且便是講到往日，近日此看的那些上海的各种雜誌上的小說中的某学生，某小姐的也是津津有趣，可以忘掉那煩的。一到中午，又有田從廚房水缸下把冰鎮大的放置在那兒的西瓜取出来，剖於了兩端菜的大盤裝着送到他們當中的一個大的櫈上，於是談鋒便又轉到瓜上去。有时幾人是又把那從小攤上買回来的一副紙牌，玩着各種不同的小小輸贏的遊戲，什么跑和呀，塞牌呀……都是伊們不玩而現时又正為我們紳士們所復興着很时髦的玩藝。末了把晚飯吃过，又把一切东西搬到院子去，在星光下，月光下，还是講着一些跑不出小小範圍以外的日常瑣事了。講厭了，也只好忍耐着，直到瞌睡来时才把眼皮合上，從各人的涼床上發出重濁的呼吸。夜深了，那被露水擾醒的第一個，於是又喊醒那其餘的，迷迷糊糊还要交換着幾句什么蚊子利害不利害，时间早不早的話才又各回到那近河热的像蒸籠的卧房。但這时誰也不会觉得，倒下头去又睡熟了。

不过在过着這同樣生活的幾人，是各自有着不同的心。尤其是有着三整天未曾出去的德珍。未出去的理由，她心裡說是因為熱，又像離不开了書籍，其實是因為离明哥太遠，明哥怕她沒趣，不会找出外，又為怕她还要去，曾特给她一信，說自己那裡是來了幾個不很熟識的同鄉住着。她不知道這是謊呢，於心裡时时怨着那討厭的，而整天同別人敷衍着的苦惱，是也只能自己知道，也要留在以後明哥那兒償還的。

(10)

但到第四天，一清早，她依旧又把那套常穿着出去跳舞的藕合色麻纱衣裙穿好，戴起那顶柱人从北京带来的宽边麦辫帽，帽上是束有一朵大大的水红绸花，很留意的把自己打扮了，而又做着似乎很生气的样子，嚷着急急走出大门去。这是在一夜晚为了一点小事，无意中又同春芸相吵，先是願意忍下去，後来也生了气。德芸是更不相让，似乎因了自己被人负，而有意要在这言语中来报复一样，所以她等不了早饭，只一亮，便预备上使人更痛心的地方去。这自然更给春芸难堪。其实在刚同明哥认识的时候，所有从春芸那究发出的讥讽，怨言，以及禁止的命令，是都尝尽受过，不过春芸却不知止的想干涉终，是反把她推送给明哥了。并且慢慢把春芸的叹息也看做平常起来，竟有时还嫌厌，还懊恼这纠葛。不是为了一种历史的，习惯的还又忍着，便早就闹翻了。这也是由于春芸无根了她，无觉的万不能同她和明哥又调协，但从未曾有一丝是表示愿放松的，便是吵着闹着，哭泣着，也不过是一种欲挽回的武器。所以这使各方面都感到不痛快的问题，是在延长着而等待解决。

嘉琪她们一听说德珍已生完走了，便都跑到前院来。春芸就闹指诉说，是一面揩着泪，一面断着声来说。她把从前两人在枕头边发的誓言也说出了。这是证明着别人的无信。于是这所的一些人，也就为了那颤着声音的，那眼泪，判定了一个是非，是并没有想到其余的一切了去的。这判定在春芸看来是公平，所以倒不哭了。留下一封信在桌上，随着也出去了。

(21)

當她剛一離開大门，這信便被那曾同情过她的幾人硬拿来給公開了。大家似乎是又很高興的來唸着：

『我愛！——這是末次了，但也如斯的叫着吧。』

嘉瑛是打着腔板的大声喊着『我愛——』。連志清也笑了，跟着便又唸下去。

『你回来时——我想你總得回来一次，取你最近所買的那些做好的你所心愛的寶物——請你不要驚詫，我是走了。因為我們不要再相見了！希望你不要再去尋你現在所愛的人！（自然，這是不能拿我來推比的！）希望你們快結婚，好生那個白胖兒子！希望一切朋友的人，都不要像我如此倒楣！！

本來有許多話想同你說，但一想到同你說，未必你會高興，為了免得多給你麻煩，所以只寫下了我個『希望』便算了！——於他們之去的，你自然會忘掉，我也願意不再想起。

如此就完了嗎？』是坐在地上笑第上的德澂問，似乎感到失望的樣子，在理想中總信是不想如此簡單的。

『還有呢！』嘉瑛又大笑。於是志清便又代替了嘉瑛把署名也唸了出來：

『你所親吻的第一個人！』

『嘿！這信兒的老苦！這樣寫，不會更給那第二個人來笑嗎？』

德澂又提議去把這兩人都給找回來，和一下，不准再鬧下去，免得鬧的大家都曉得，說……起。

但志清卻說這是多餘，旁人真不必來管這家務了，不願意！就是德澂不去找她，她也會回來的。她斷定她沒有勇氣背着自動的去過那一個人的寂寞日子。

果然，在別人是無從想出，不知在那一剎那，他們又私自和解了。一些也不會懶惰，當着人又是非常隨便的在一個碗裡吃起麵來了。

四．

在可頌的暑假西的第二天，武陵中學的遊藝會便開幕了。本是預備在放假的那天作為點綴的，因為熱，卻延緩着，又正因為延緩，反加了好些可看的節目。上大人的新補紅便是沒添進去的，因他們手這了又正為那籌備的錢，位教職員和學生此欣賞着的。並且演很滑稽的幾個老丑角，也不因為了暑假從省裡回來。

舞台是粗的木板，被支住在一些不直的短柱上，遠遠的立在那露天的操場的一角。在白天便有許多年紀不大的學生在那不很經心的台上研習着跳舞，國技，魔術，把那找校雲的一鑼，鑼，鑼的，鐃鈸打鼓一樣，可算為代替了音樂。預備在晚上做拉幕的，也便在這時把那兩塊洗的很白很花的藍大布做成的幕布，在那不很能吃力的鐵絲上拉去又拉來。銅的小圈，在那鐵絲上滑着，又發出了鎯——鎯——的細小聲音，也為這般閒着閒遊藝會的學生們感到趣味。這幾一群跳厭了的又來一群。此的這舞台是從一清早擠擁的使非常熱鬧着的。

天氣是好到不能再說什麼了。微微的有些陽光，風吹得潤潤的，穿着單衫，也就可以不攜扇了。因為天氣好，是正湊合了那些過早晚飯後要去做的人。還不能等到太陽下山，就都像鄉裡唱土地戲一樣，一大串，一大串牽着手，背着小孩，抱着小孩的來了。這大半都是學生們的親屬，手裡高高舉着入場券的。怕來遲，搶不到好坐位，此以是早三個鐘頭就結着伴離了家。而好坐位卻還是不能佔有着。最前面的，早就放了許多小条几，小椅子，是专为本县的地方官，以及会署的科长，还有营里的上下职员和指挥刀的军爷们预备着的，在过呢，又是为这些官们的太太小姐预备的。在过那枨有很多长凳的则又都是为名校的教职员出候的，这都是在许久以前就由书记发出请帖加大红封套请来的这本县的上流阶级的人物。在这些有着缅阳断了的边排，又为许多来得更早的本校的，别校的中等学生佔满了。于是这些热心的看客，只好埋怨的，垂头坐到离台稍远的地方。不於再来得还的，是更不满意於自己的坐位，时时想挤到顶前面去，但又为别人所阻住了。男的都还是都穿着长衫斯文的容，破例的肯走到这拥挤的会场来观热的一些中年人，也是同着那起年轻的一样，想来看看女教员们新奇化装跳舞的，而早年就很已被称许的随女的京腔，是大家都愿来亲身领略，看是否真的可听。女的座位上，虽也有不少是穿着裙常着茉莉花，兰花来的，但嘈杂却比男座上热闹到三倍，都是很会说话的一些向着认识的，不认识的大家都是不肯用较低的声音去谈讲着此裨二簧，此裨文明戏，此裨崑曲，此裨跳舞……以及某女教员的装饰，的丰度，国於婚姻，国於很秘密的一些琐事，她们都从备到了，而这又都是从别处听来的已变成不符了实的故事了。

被在这会场里的人们做为谈话资料的，目的集中的几位女教员呢，是也於一清早就很热闹的集聚到直女校了。

（这天是这么早）天色很朦朦的时候，那驻扎在泮池的兵士便站在城头，打着尖锐的步声，为已久疆的嘉谟奏起床号了。

“早得很呢”，淑徽一听到嘉谟坐起身去，便又勤地还卷一卷被，似乎也不是刚醒的样子。

“淑姊！我简直睡不着。”

“起去了，又无了做，会更不安。还是再睡一睡，我不闹你，不

(14)

暑假中乙

祖義

是一天眼皮都是腫的。」

但嘉瑛只能閉着眼睛，心裡舊懷記到許多小事上去。無論怎樣，總好像不能放心似的。游園，游繹是自己頂熟習的，梢梢的笛子，也很跟得上。那件仿西式的淡湖色長衣，自己是非常滿意，尤其是由涵漱親手縫上去的兩朵大水鑽花，在煤氣燈底下耀着，一定漂亮透了。只，是頭髮為難得很，盃子是用鐵根粗鋼針把她燙的蓬蓬捲捲的，又勒上一條花緞帶，可是自己不跳舞，也那樣梳着好像不很妥。看的人是不知到底有需要多好，還是少好，自然人太少了會減去興味的，她一看見那窗口的人頭，心一慌，唱不出，那才坍台！可是這大約不至於，平時上課堂，也有過許多人來參觀，未親學，自己還不是要多領導着學生來唱嗎？只是萬一在那正唱着的時候無的咳起嗽來，則真無辦法……於是她便試着咳來看看。

涵漱一聽到咳聲，便忙着問，又是忙起去喚茶房，喂開水。一看抽屜裡昨天買的白糖已剩不多，於是又叮嚀記得買白糖。這是涵漱在很小時便學會來的一點常識，說是白糖是潤肺的，吃了可以不咳嗽。於今就拿來應用在嘉瑛身上了。

等到一切必須的應用品都已預備好，是八點了。嘉瑛也就一直躺着躺到這時候。那留宿在志清房裡的吳玉蘭和趙少芳也躺着躺在床上，和隔床的志清閒談着。不久，趙少芳又調好聲音在唱游河濟了。嘉瑛便打着一半官話大聲叫：

「好得了不得！」

戲的聲音便斷了，一陣哄笑，又傳來一句清脆的說白：

「小姐，好起床也～～～」

(15)

西边房裡卻打起哈々来。於是又嚷着房高声问着，相
约着同时起床。嘉瑛又把买自己的鸡蛋送过去三個，是给随
少芳一人的，因为她的肚腹上日也闹々台々，這鸡蛋听说是润嗓的。
正在几人忙着用手腕子涂满脸和洗擦着的时候，玉子
和娟々两人便从娟々家裡坐着人力车来了。一进大门田嫂便
忙着大声向裡通告，顺究又忙着喊先生，行礼。德珍还穿
着一件短水红汗衫，走出房门口，跳着嚷：
『唉，天呀！你简直打扮得像個狐狸精了。怎么這样
呢？』
来的两人就拥到她房裡，嘉芸也嚷着。
后院又传出笑声，高声音，惹起她们中是毫无客气的人
從進来的秋同學，有的是喊着，便相拥了的。
『滚進来给我们大家瞧呀，玉……！』
梁玉蘭已跑到前院来，几人扭着笑着一路便进了西去了。
德珍就跑去打開衣箱，把最近新縫的幾件出色衣服瞅
着，不知穿那件才好。心裡慌々的，只幌着適才那一对人影。
『真像妖怪，一身紅々綠々的，你真以为那就美
嗎？』她也是特意拿話来安慰着她的，因为已從那忽然的
沉默中懂得了那意思。
后院也正在评论着那两套同样的衣服，是仿照
海上流行的样式，但在裁缝手裡卻做得只能看
城裡漂亮人所穿的那样。短々的衣裳，配着長的裙，在周
身镶着什么桐子呀，珠子呀，许多刺目的小东西，她俩是
红色袜子衬下一双蓝花缎鞋，忘情一看见就也
嚷起天来，问她俩怎么敢在街上走，打扮得新娘一样，不怕
人追着来看吗？『你们自己来看着塗上着那么的胭脂！』

赵少芬也问着是走来，是坐车来，听说是坐车来，就笑着打趣，说两人坐在车上，车夫吆喝大声的嚷着，车停在窄窄的街上慢慢的，歪歪斜斜的走，街两边的柜台上，一定就爬着许多人，人都仰起头来呆呆的瞧着，两人既打扮得如此好，不正像两座活观世音被着抬着游街吗？

两人是不会为这些生气的，且有时是把别人不尊敬的态度撇开，只听见那们赞赏的言辞，而在心底却反映出那愉快的微笑来的。此时她俩是毫未曾感到不快，只各朝着那笑她们的人，绝闭嘴里不知在说些什么。

王子也说，如此装饰着是不该，走出去简直不像是教育界的人。但是她却忘了在嘉瑛的服饰上，很努力的去出花样呢。

嘉瑛只注意在那一头蓬蓬鬆鬆的发上，觉得又既粗又乱，心喜幸而没有学她，于是把手去频频摸着自己的那又柔软，又光滑的黑发。

礼堂上的挂钟，打五点的时候，她们早已把晚饭吃过，却穿着各人此准的新衣。王子是依旧穿着白夏布衣裙，总体来是只穿一件洗旧了白竹布衫，和一条四季都穿的黑华丝葛裙。在院子里等着田蕴去雇车。在这里面，王子算顶小，也顶活泼，那发光的神彩配着鲜艳的衣裳，真耀目极了。而嘉瑛呢，则她那一身淡蓝颜色的装束，是正配她那纤瘦的腰身，淡白的脸颊，和那种轻俊的步态，些许都觉得很减色了。至于已很年长的赵少芬，黑玉兰，那怕怎样修饰着，在总面中，那种神态也要使人觉得是已不当时的一朵快憔悴了的花。

她们到武陵中学时，已挤满了一客厅的什么招待员

(17)

呀，後台管理人呀，演新戲的，跌失棒的，忙幫的，
看熱閙的，……這都是許多學校的中等，小學教職员。
那籌備着這会的朱先生，便又把她们領往他自己的
房去，那裡也有着幾個年輕的人在，朱先生便托着他们去
招待，自己又忙着照顧别的去了。

听到前面已開演了，她们的心，同校的都情々打着戰。
跳了自己上了台，那幕布一拉開，如雷的掌声吼过後，
反出完了。只留意又留意到自己的一举一動上。等第
二次掌声再響时，便如得釋了一樣，快樂的笑着，
去握住那第一個來迎接的兩手，這笑是平常所不常有的。而在
後台的每個人眼光，是比台下的觀衆还利害的在釘着她们的
後影。

總之，這会是令許多人都很感到愉快的一個会，忙着看
的，忙着給人看的，都將像這会一閙过就如同
过往的人还了一場心願一樣。

當夜深了，她們幾人又乘着朦朧的月色走回學校來，
露水很重，幾人都覺得有些涼，便兩人兩人的挾緊着走，但各
每人的臉上都發着燒。夜是靜々的，因為不極，人都累了。
她們也靜々的走着，誰也不說一句話，都在細々的回味那使
自己最出色的一刻。

到學校後，志清第一個便不能忍受那沈默了。
『喂，怎么都不做声？你們說，今天誰的風头出得頂足？』
『你为什么不出風头呢？我是被別人逼得不得已，今
天唱得糟透了。』只有隨少芳回答了她一句。但這談話却
不能再延長下去，因為所有的人都似乎很疲倦的趕

(18)

回自己的房去了。玉子和猜猜便睡在嘉瑛的空床上，因为她俩从前的铺，是已让给赵少芬和黑玉兰了。玉子是含着笑，在看着朦胧的横地跳舞时用的薄纱，薄鞋，和缠在身上的一些发亮的东西。自己刚把身子倒下床去的时候，触着了温温的，柔柔的猜猜的手腕，不觉就把来用力的握着，并恣肆的摇起她来，如此，才可以把那兴奋到快要发的脑子清醒一下，因为，从这时起，无形中便已宣泄了许多不能向人说出的荣誉和欢愉。猜猜也就格格的笑了起来。

她微微看见她们如此疯狂的闹，便嚷着要禁止，然而她也想起了一些，凑过头去，悄悄的低声说：

"你真美透了，在她们中，你直是一个不凡的仙子，我听见你唱着：'……良辰美景奈何天……'我真以为你便是杜丽娘了，也许那曲中人还远不及你好看呢。"

说过后，是把脸更凑拢去，嘉瑛的呼吸，便轻轻触到她左颊上，微微的觉得有点痒，并且那呼吸之中，似乎也含有兰麝之气，慢慢的又把自己的嘴唇，去印到那更其柔腻的颈项上了。

五。

然而出乎外的，嘉瑛却毫无表示，反翻转身去朝里睡着了。

不知为什么，这空前的盛会，许多人疯狂般预备着的，疯狂般享受着的，在那并不善悲的嘉瑛心上，留下了一条空隙，这空隙便满填了寂寞。本也是兢兢的努着力，献给那热心的观众们

(19)

赞一声好，并且她也很满足了自己的装束和嗓子，以及那富有的掌声，追赶着她的眼光。不过既至那非常兴奋着感情的快达到顶点时，便恍惚了，似乎这热闹已离去了好远，只一种很凄清的情绪来攻袭着。听到别人的笑声，都要生气，以为别人如此做来，不过想给她难堪的，所以一当嘉瑛奏起那赞美调子，她便厌烦着，她认定了这只是一种虚伪的游戏。

"嘉妹！怎么了？嘉妹！"

把那从腰边伸过来的一只手拉开，便拖着声音说：

"求——你！好不好，莫闹我？我实在要哭了！"从声音中是又含有无限的不耐烦。

其实她是把眼睛大张着的。她看见那舞台，看见一切：许多的脸，许多的声音，就在那帐幔子上闪演着，再耳边传着；那和善的言语，那殷勤的款待，那有力的眼光，那真诚的赞誉……！是再无法令她不思念去的。但会是已过去，以后再不知到几时才有，也许那时情形又不同，别人不来殷请她也有之吧。然而使再殷请了，又有什么意味呢？于是心简直是在伤着，并且有点想哭的。以来是又懊恼着不该去，不过这难过是不会走到极端去的，因为时时又有着佛佛的微笑浮上她的脸。

嘉瑛始终来保持这新有的一种圆满里含着缺憾，缺憾中又充满了愉快的情趣。常常一人躺着，或是坐着，便来玩味着一切的。因此嘉瑛就很感到了不安，总觉得别人已厌烦了她，先还疑心嘉瑛莫不是同[illegible]好去了，（因为[illegible]总是出去没她陪过那"失恋者"玩呢）以来也觉出两边都无心。以为她又在想家，要回去，又无伴，生气着自己把她留下来的。但嘉瑛并不是如此有涵蓄的，将许都来说出一句关于这上面的话。自然，既是都不对，无论怎样总可说是自己不好，

(20)

讨人嫌，於是她又想尽方法去试那颗隐秘着的心。结果呢，还是盲昧着，只於在有一天当嘉谟又不理她的时候，便握着她的手。嘉谟觉到了那沉挚的眼光，和自己手上所感到的一种压力，便也很柔和的把身子倒向她胸前去，承微便拥着她叫道：

『爱我！我要你爱我！』

嘉谟本是爱她的，现在依旧很爱她，然而在这时，一听到这爱字从承微口中流出，忽的便涌上许多模糊的辨识不清的可爱的面孔，心上也像是戳进一口针去似的痛了一下。且觉得这爱字，承微口中的爱字，便是明明地嘲弄她，让她自明了那些面孔只是一朵在湖中央开不了及的白莲，於是她又彷佛感到使她离开那些你且不姻她的便想到的一切可怎的接累，也不是为了承微！她便又把身子挣正，大声的叫：

『这是什么话！我真听厌了！』

正在拥抱中感到幸福的承微，忽又遭逢着这不意的感怒，也有点生气了。很想趁机会发泄自审骚以一洩近日来些余件的抑郁，但一看嘉谟那愤抗的颜色，气又馁了，并且同她闹翻，她一回去，则自己一人将怎样度去更以後的家宴时日，所以又只好用着柔声再去哄她：

『嘉——妹！』

『请你饶了我，让我一人好好静静的！若是嫌我爱你不利害，则自有利害的在，你尽可另外找去也成的！』似乎这话还不能清去那气愤，所以又一停住口便顺便把脚一伸，就把相隔不远的一张椅子踢倒了，又补足一句更有力的：『我真不耐烦！』

承微只想跳起来，扑过去，扼住那发音的喉咙，为什么会如此的乱噬人！但她又用着一种比恼愤更大的力，来压制住自己了。只瞪着眼，咆哮着。

平日這晚上，虽已经躺上不少疤瘢，不过有着一种永是和善的笑，因此給人的印象，總也是一副颇不難的臉，且很令人可親。但這時為了急，為了气，為了恨，為了丢不下心去做出一种可驚的痛映的了，把臉色的此紅，那本不明顯的疤瘢，就特別红起来，眉是倒豎着，口唇也嘴張的很大，完全变的很可怕的。嘉瑛一看是更生气，這丑陋的印象就很深的刻在她心上。

“像個鬼！请你去照一照镜子，看我说錯沒有？”把眼光就指到高高的，不願再與那副曾相親的臉上。

於是這個更气了。無论怎樣想不要太任性，而這罵出来的话，也並不羞於那落在地上的。

还是嘉芝和志清听不过意了，才一人拖着一人分開着来勸慰。

承澈是已不再恨嘉瑛，只是傷心着伏在竹床上抽抽咽咽的哭，眼淚便染湿了竹床一大片。

嘉瑛是並無須乎要恨着承澈的，只依舊在烦着用扇把不住的去敲着桌緣，像要把自己心中那些有说不清的懊惱，都在這使人一听就感到不耐烦的單调声中敲打個尽淨。

但一到晚上，还沒等到睡觉的时候，兩人都又互相忘掉了先一刻所發生的事，又互相饒恕了那粗横，那冷酷，這是因為她們還是非常相爱着，還不能不相爱着的原故。

六

這樣相爱着的生活，是又毫沒有什么變更而又生活下来了。既然是又不会平空的闖進一個更令人羡慕的，而誰也不会覺悟出這勉强用来安慰着自己的感情的问像，是並不能满足那真真的此须要的欲望。德珍和嘉芝也是又好一天

22.

又一天的挨到快结婚的一天了。无论当两人相吵时，曾怎样发过誓，说宁肯拿流血来解决的，但似乎这只是一种在相吵时的说出的一些下意识的话。因为既然德珍是一面敷衍着这方，一面还是在积极的预备那简单的婚仪。而那些呢，也只是时冷嘲着，和又向着别人说出德珍那急于结婚的可笑心理，不过整天又是在帮忙着那人绣手绢上的花，绣鞋上的花，谁道这还不能想到这手绢，这鞋只是预备给一个男人去享受的么？

德珍的结婚，倒把这很寂寞的假期变成热闹的了。每天总有两三个来闲谈的客，大约为的听说德珍曾预支了下期许多钱，买了不少很不常见的东西，看了那堆满一床的零星什物，又拿来做整天谈话的资料。德珍是非常高兴来招待这些客，中午时也款客的十个铜子一碗很好吃的麵钱，是毫无疑义的四处便跑到德珍[illegible]处去取钱。德珍又都把这些来拜访的人的名字，列入那请帖内，于是这许多人又都回商量着送礼的了，恐怕才能把礼物送得又漂亮，又投合别人的心，并且更经济。

请帖是打好了底稿，拿来由这女学请承淑写的，据说那预备做新郎的明哥已快要没有能力执笔了。德珍终朝也是慌慌张张的，时究跑往那新布置好的房子去，时究又跑回学校来，连附近学校的一些人，都知道了她是在忙着出嫁，都悄悄的议论这间通要过了分的了。一看见那瞥过去的脸上的花影，便大家会意的笑一下。并且还说出前一年也有着一位很大张着婚筵的教师，姓名是不知道，在结过婚还没到第二月，小孩便抱在怀里了，没来还是不好意思，才没到学校里来了呢。

承淑是很郑重地替她们一封一封的把请帖写好，第三天，结婚

23.

的前两天，便由那一对新人，各拿着一半，喜孜孜的向满城去跑，跑到這家又那家的直到夜了才算没遗漏一處的都請到。接到請帖的，是更其喜孜孜，因为看着这些看亲自来的新人觉得非常可笑。

婚礼的举行，是借着（楼下的靠东边）大精鹽公司的一间很大的廳堂，新房就設在臨街的一间房，楼房是微带点洋式的，一佈置起来，就也颇可觀。這天一清早德珍便同着志清從学校裡来了，明哥也刚從那張新床上起来，还只穿一件白短褂，在整理花瓶中的花。德珍忽然從没頭湧起一片玫瑰色的微红来，當明哥很匆匆的注目着她的时候，她觉得那眼光是從她靈魂中取出去了什么一样。志清也無意中把眼光瞥过到那一对正偷促着，含羞着微笑的面孔，心想："真的便是新人了嗎？平日是早已相熟到把什么话都可以相談的了。"但话刚一想到，一種很凄惨的感情便把她很冷静的心緊緊罩住了。她来回的向心裡不住的說：

"别人是如此相好着的呵！"

早飯吃过後，便来了許多客。明哥便下樓在廳堂側面的一间屋裡招待去了。新房裡也湧進了一些德珍的朋友，都是几人几人结着伴坐了洋車来看婚礼的。不久，汎嫻嘉瑛也来了。嘉瑛还穿着那夜向遊藝会穿的那件衣，只为了慶贺，在胸前便佩了一朵深红的大絨花。未必是又在花下簪上一条粉红色緞带，带上便写了「女儐相」三個字。另外的一個女儐相，便是更活潑的廷子了。两人一相見，便攜着手，互相问着等下該做些什么了，才称儐相的職。问新娘，新娘也正在躊躇自己此刻的那角色；又怕失礼了，又怕不大方；連那拖着步走的几步路，都不知應怎样才不会使人見了觉得這像總只是一個不很見过时面的鄉下人。

樓下客房裡的一些客呢，是都把唯一的紗馬甲穿了来，但一听說婚禮還要挨到十一点才举行，又都連長衫也脫了。搖着很大的摺扇，摺扇上面便由朋友或熟人画了一些菊花梅花之類的东西，和在隨園詩話上面抄下的几首詩，有的便更是買来就印好了的一面是近二十年以割地的中國全圖，一面是很詳细的二十一条件。嘴呢，就又忙着談話，又忙着嗑瓜子，有时談說急了，瓜子殼便直噴出，因為他們也是很会笑，很不懂客气的。這十幾個客中，要說有的是蓄着尖尖的头，有的又懷着膨脹的肚，而有些也是修養沒有很好气色的年輕點子，但都不外乎小學的教員之流，所以和在樓上的教員們，是有許多都相認識，是沒有機会便大家都互相熟起来，其实這婚禮便是頂好的一個可以攘成許多朋友関係的美会，然而主人都又要来把他們分開着，使樓下的那些客只好在窗眼中拿眼光去追逐那一個又一個走上樓梯去的苗条的影。

等到音樂隊来的时候，是還不見来的剛打十一点，許多人都已麇集到禮堂，是在等一個證婚人。新娘一听到那樂隊的錦声，心就大跳起来，也不敢多說話，只拿指尖去摩挲那披在身上的薄紗。兩位女儐相又同时再親着了那过去的一幕很競競業業的情绪，都憂心情情的，不知此演的會是一齣什么戲，时而对着鏡子攏一下額前的短髮，时而又照顧一下自己的衣裳，並且為遮掩着自己的不安，勉强又打着笑声来閒談，好像真的是要此掛慮一般。這时女客們也有好多都下樓去了。新娘又同她向這少數比較更相熟的請求，請求在等一下行禮时，千萬不要惹自己笑，為的這些人在高興頑皮时，是常不想到了体上去的。

既不當什么都要預備好了时，新娘便由兩個女儐相扶着

25.

從梯子走上廳堂来，此有的眼光便齊集在一處了。新娘是極以輕鎮靜，只在上鋪边，帶着一些的微笑，坦然的把眼光放到前面。兩個年輕的是更不敢望到那些正注視到自己的女男賓的那边去了。等到那第二次的樂声再停住，贊礼的就又開始那拖長着的声音。等什么手續都講究，还跳上兩個戴大墨晶眼鏡的賀客，做兄長的演說，新娘很生氣，為的太站久了。女客們又都不喜欢听演說的，所以都非常感到疲倦，暗暗地在手絹中打着哈欠。好容易才解望到那最末的奏樂，新娘就又由許多人擁着上樓去了。一到房裡，新娘就把那束捧在手裡的花，擲到床上去，又扯下那紗来，喊了一声"哎，苦死我了！"其实那臉上的愉快的光彩卻不能隱藏去，所以接連的是送来許多調皮的話。

在筵宴的先一刻，那全未走的老少男賓是偕同新郎也走上樓来了。這鬧房的玩藝兒，在輕薄中感到趣味的男性，似乎都不能免除，所以這自号稱開通的維新人物在此神新式結婚中也不忍棄置這陋習。房子本不小，但裝了這許多人，也就擁擠了。女客便緊緊挨在一堆兒，有的兩人也坐在一張櫈上。新人沒奈何，為敷衍面子，兩人握了一次手，但再要求合唱時，新娘便說因為這幾天咳嗽，嗓子壞了，不能唱而堅決的拒絕了。於是很諷笑着的同於咳嗽的故事就由此而来，且說了許多另外的譏而不雅的笑談。並且因為他們曾要求兩個如像相擁風琴而便有許多年長的女親貴来帮着反對，所以就又由了一位便会編故事的已三十四歲而还沒嘗到女人滋味的男賓来說了一個同於「老等」的故事。

故事的大意是這樣：在一個很大的池沼裡，那裡是生有許多芦葦和美麗的小草，以及浮萍。燕子們，小鳥們也常来到那裡去唱歌的。因了那裡且產了許多許多好看的魚，所以

26.

又遗有着许多欢喜鱼的滋味的鸟类聚集在那里。"老等"便也是这鸟中的一种，因为牠长的很像灰鹤，外形之间，也常的常在做出安的态度。也许就是为了这态度，或许为了牠简直无勇气去尝试寻找牠所喜欢的鱼，牠是永远只呆呆的站在池的中央，看着别的鸟都一次又一次的把鱼衔跑走，心里只是羡慕。只是永远梦想到那鱼会自己献上牠的口中来的结果，是不知站了许多时从早至中感到懊丧，从懊丧中觉悟到那是得靠自己去找的。于是忍着气，垂下那长颈去，然而鱼已被那勇敢的鸟擒尽了。现在是已后悔已无及了。

这故事当然一点未尝给人以愉快，且都不再如何感到异味了。以后这也不像此预计的那样热闹。

七.

自从德珍结婚后，学校里的空气是更使人感到沉闷了。德珍很少再来玩，彭芒又常常几天不归家，是住到一个更小的市立的女校去了。那里也有着一个朋友在。不久，彭芒便又同着其中的一个捏好了，且因此忘掉那曾经流过的许多泪。德珍的心也就完全放到那整天拥着她的那人去了。为了没有可做，太闲，志清是整天睡觉，不出房。因为他也感觉到近日的饭是常常剩了许多在饭桶里。想不出这减食的原因，并且因为天气反比较不热，应当多吃才对。而顺儿也不愿意地将老是给前一天的饭给她吃。卖面的把梆敲的震天价响，也见那两扇闭的紧紧的庙门打开。卖瓜子花生、板盐子、五香豆腐干的亦是小孩，早就不再停留在这门前，和同赌棋子究了。如若不是在庙门旁竖了一块用八分字写着的木牌标明是学校，则无论什么人见了也只会很不留意的一望过去，以为只是一个很少香火的旧庙而已。

住在这庙里的几人，似乎都把旧气变的很坏，志情是

27.

暑假中了

老把口頭抿着，无言的在外间房吃完饭就又睡觉了。睡也不好，利息也不管了，連房子裡的灰塵也任牠堆積着。蠢蹊呢，却很急躁，什么事也不使她生气，從先喜欢看小说，現在書本丟到茶几下去了，床底下去了，整天找出一些微小的事故来罵人，沒来荷直是起身就跑往姊姊家去打牌打到晚上才回来，再去了，又跑到一處去。於是這整個的寂寞就由她一人承擔了。起初她还想恨到蠢蹊，有时也想出去玩，但慢慢的她就什么也無從去撥動她那被寂寞侵蝕了的一顆心。那灰敗的樑柱，黝黑的殿堂，不平正的窗，和着充滿着淒靜的情然而来的微風，她便似乎真的覺得這只是一座無人的素廟，她便是一個未被毀了的在懺悔着的尼。整天含着一個弱的心来無生的把天凝視着。天上是蔚藍無際。有时又湧上一團一團重重裹着的雲堆，雲边被太陽光耀射着，放出那刺目的明光，但一轉眼，這雲又吹散了。或者又有一兩個飛得很高的鷹在藍天下盤旋着，直至眼睛已疲倦，頭也仰痛了，才又闔上眼来散漫的想到一些往事以溫暖着這一縷悽柔的愁思。

開始她就看見了一副比佛爺還慈祥的面孔，一對滿含着愛意的眼光，是緊緊的把她瞅着，好像那眼光是穿透了她的心一樣。又帶着那憐憫。這臉像極了她母親，又彷彿像那從畫上所看見的聖母的像。她非常想撲过去，但像又迅速的变化了，這臉又是她母親的影子側身的坐在火盆边，揉搓着一双乾枯的手，大顆的眼淚從火光中拋到地下去。一边又为她講述那火的慘了

28

是在刚懷有她的那年，那老鴉山的土匪忽然想来打劫秋水村了。
這秋水村有着一百多戶人，而大半都是屬於姓褚的一家，
就是她的宗族。這土匪来，本是無礼的，既然秋水村
的人是從不敢得罪那老鴉山的弟兄們的，在路上遇着时，
在鎮上遇着时，總都是很和氣的便讓過去。這次来打
却自然是毫無意气在裡面，只完全為了財而来的。秋水村的
人雖然常气憤，此以在不知觉中，却毁了六
七条那大漢子。老鴉山的土匪是連一個錢，一件衣裳，一撮穀子
都沒搶走。但还沒等到秋水村的勝利的筵宴開完，又
大群的来了。来的时候是在夜裡，不过在吃晚飯时這边得了
信。村長是說定，男子一個也不准走，得守村，女人呢，願意
躲一下的，就四散的走往鄰近的地方去住一夜。不过誰也斷
定是不會敗的，都摩拳擦掌磨着刀。女人呢，也不怕，只
老年的輕年的就在晚飯时悄悄的走往村外去。一些
很能操作的女人都願在村子裡看一下热閙，這是
誰也不會想到那慘痛的結果的。那时她父親就扶着她
祖母和她母親走下村子来，一片暮靄糊模了那晚景，漫
天飛着那歸家的鳥羣。她母親無語的在那田隴上走。祖
母則很艱難的跛行着。父親是已站在一棵老桂花下且送
着她们。还沒走到一大远，祖母便歎声的要她究也同
去，既然他是連殺雞的力量也沒有的一個讀书人。但她父
親却固絶了，是还含着微笑的在安慰那两婆媳。這夜
便直閙了一夜。她母親便和着她姨父姨母站在对面那山上
望，只听見喊声震天，火光把她們照耀着，但看不清是哪边的
人。到四更时，人声已稍低下去了，她們的心也比較安定，以為
土匪是快完了，不过忽然便熊熊的冒起大火来，先是濃
濃的烟，接着連燃燒着的爆爆的響声也听見了。於是

29.

她母亲便晕过去。到第二天中午火熄了，是还不见她父亲来，姨父便陪着母亲走回那完全焦毁了的村子。满坪满坝尽是满着血迹不完整的尸体。墙依然壁立着。墙外面又堆了许多被烧后又被砍死的女人。门已成洞，瓦砾满地。还一处一处的燃着那余剩的火。屋宇已不能认识了。走到自己门前时，只见一片碎乱的铺着破瓦的荒场。姨父劝不必再看了，但究竟她父亲却被找到，是在挨门屋的腰墙边，有三个烧焦了的又带有不全的还没烧透的肉尸体，这三人紧紧把手握着，笔直的在墙根。那小的一个便是她叔叔，那驼背的大的就是她的堂伯了。从这次，秋儿便败落下来，在起那夜逃出命来的三十几个人和在外面的一些老小妇女，还不到人。终年只能挣着命去喂一饱，复仇的是谁也再不能计较了。她便在这厄运中出世，生长，终年母亲都是愁眉不展的。母亲死的时候也是八九年前的了。于是她眼睛又张开过来往前望着：

她便看见了那火。那烧焦了的地，烧亮了天的大火，一大团一大团的直向上涌，并吐出千万条的火蛇来，仿佛这火鼓好像就朝自己奔来，于是她失声的呼了。

叫声便缭音微了空棵，空棵上又浮着一层淡淡的惨寂，种怕的景象，又坚紧了她的心，她忘了嘉瑛已出去，既不嘉妹的呼唤声快吐完时，才明白这学校是空的了。

现在她是只想能有那末一个人，来把她从悲苦中拯救出，往日的生活是太凄凉了。现在是沉闷的比往日还难堪！以后呢，是更茫的不敢去想，自然决不会有幸福吧。但那理会有如此的一个人呢，又要爱她，又要能体会她，听她说出那曾经有过的一缕伤凄的心，又要细心的能陪伴她走向生活的正路。她似乎又缺少这样，又缺少那样，她简直羡慕起德珍来了！

于是那披着纱，放着幸福的光的德珍的影子便出现；且那"光荣"的故乡又来在她的脑中循回一次。而一个十六七岁的披着微红的光润面孔的那是她的远哥也是在一个夏季她还很爱过那面孔的，那面孔便蒙蔽上她的心，她是曾在高小读书的时候，是住在城里远哥家的。远哥刚放假回来，穿着轻轻的白竹布制服，把头发蓄得很长的蓬在头上，找着她要教她认识A、B、C、D的一些字母。常常在无人时便轻轻握她的手。有一夜，两人不恍然的在房后的大院中遇着了。他便把她引到那稻草堆那边，家里看不见的那边，他轻轻的拥着她，她用微微抖着的心在细味那伸过来的一双灼热的手，以及那使她迷惑住了的甜蜜的吻。他连说："妹妹！我喜欢你！我一定要娶你的。"她自然忘形了。她也任他搂抱住，也说："我也喜欢你，哥！"但当他去解她衣服时，她为一种羞惭的心所警醒了，她用力挣脱，便跑回家来了。第二天她就离开了城。那时她母亲是还未曾死。后来当她到武陵师范时，远哥还从省城里寄了许多缠绵情爱的信，而她自己却始终找不出一点勇气敢于再向远哥说："我也喜欢你，哥！"当着这回时母亲还没死，则自然有人作主。现在呢，唉！远哥已在做第二个女子的父亲了！

想到远哥，就更觉得远哥可爱起来。其实这时的她的远哥已变成很黝黑的一个中年男人了，又好吃，又好打牌的一个不好的父亲。

同远哥可以同时想起的是还有一个很矮的不太好看一个没有脾气的小学教员，现在是属于她的一个同乡的一个也非常矮小的姑娘的。那时是快毕业了，她很苦，母亲死了，家里还不

31.

的葬，而自己的衣食卻很缺乏，如於是這位好男人便託人曾良薦过，她也很動心，但又听了旁人的話，觉得這乘机而起的野心是不能相靠，且那種賣身葬母的孝思也正为着一種很不清楚的新潮衝激着，於是又辜負了一番美意。到现在想来，僅在感情上，人情上，總也有悔意的。

懊悔的了，似乎太多了。如若那时不同母親争执着要下武陵来進學校，也许母親不死去也说不定。既死去，而自己由家裡人，或親戚們無論把自己的命運丢到怎样不好的地方，想也不至有什么不满吧。無知無識的終日操勞着那簡單的毫不须用思想的一些琐事，因而使把生命浪费去，不強於現在這孤另的住，朝生活嗎？

泓澂每天便是如此来回的懊悔這些了！她很希望能同一個朋友说说也好，然而一想到別人都是非常满意這小縣城裡教員生活的，只得又把口闭住。

其实，她错了！只在她对面房裡，終日睡觉的志清，便正如她一樣在忍受着這找不出一点興味的寂寞的时日。

八。

志清簡直对於自己卻起着一種很大的反感，尤其当坐着那一堆賬簿时，金錢能值個什么！她是很可以自己的學力来負擔自己那菲薄的菜蔬的，她並不缺少錢，她缺少着一種更大的更能使她感到生命的魅力。她想過了，但她想不出一條方法来自己救拯自己。只懊悔着，神往到已逝去了的爱青春。她從這樣想：如若我现在返年輕时，我便可以……！！！

然而时光是追不回来了的，所以她便厌起心来，終日离開那些幸福的人們（她以为幸福的！）把自己闭在一间小房裡，蓬着一头不梳的短髮，裹着一件渾身縐褶的舊衣，静静的躺着，瞪着一双日漸凹了進去的眼睛来夢幻般。

(32)

想到那些只能梦想的了。於是那荣誉的境界，情爱的境界，种种能暂时温柔一下她那颗不安的心的境界，便不断的从帐顶上闪映出来，她便坐在那荣誉的，情爱的王位的中心，她微微笑着，有时竟笑出声来，这笑声又惊醒了她，於是梦境刹的又退远了去，而且黯淡了，帐顶是很脏，又为夜来很利害的鼠患留了许多新旧的脚印，一块一块斑斑点点的装饰着。因此她更明瞭了这缠紧她的是些什么东西。有时她竟这样对自己说：能把我的梦，再延长点就好了！

有一天，她收到一封信，是一个已嫁而又做了母亲的同学写来的。信上满说了许多做一个人家媳妇的苦痛，忏悔着自己太薄弱了，不敢同家庭反抗，现在是只羡慕着她的无拘无束，并且很恭维她能始终维持她的独身主义，这主义便是能解决妇女许多问题的。

不过她还没把这封信看完，就扯了。这名词——独身主义——是曾经她勉强用着一种自慰的神情来掩饰过自己的，但现在她用不着掩饰了，就是说那种骄矜已不能安慰到她这许多年来她是受过的寂寞了！她觉得那种矫饰的思想很可笑，而且她很羡慕那朋友所说出的一些苦处！她想：如其她也是正处在那境地的话，她一定能领略出其中的一切温柔处，并且她一定非常能忠实她此做的！

她很想写一封信给那朋友，说明她自己的生活是比做人家媳妇的还苦得多。然而她找不出那能吐出自己思想来的字句，所以她把信纸又揉开了。

从前她也不满意这教鞭生涯，说是欢喜小孩，说是她信仰教育都只是也从别人处学来的冠冕话，她觉得很须要安谧，很须要物质的不缺乏，於是她努力积钱，为将来可以离开这终日上课堂，终夜改卷子的生活而去安闲的住着享些清静的福，她为着这一种愿望，她有目的的去

(33)

以她能奮鬥，但是現在呢，些從前有的顧主都破滅了。若是說她的要靠着這一点々錢去独自関在家裡，每天吃了飯睡覺，她便会哭起来，為什么在她的生涯中不能生出一点々可詠嘆的呢？她一天比一天瘦了，有時竟不出去吃飯，田[illegible]若再来請，就生氣，飯並不是一個人裏々些須要的呀！

泓微已兩天沒見着她的面了。田[illegible]又說怕她是生病，些以這天泓微便邁進她的房裡去，既至她很鄭重的再三說她沒有病，泓微便把她硬拖起床，同着一處吃晚飯了。於是便問：

「嘉謨呢？」

泓微不覺的嘆了一口氣，且把头低下去，那腮頰的輪廓，顯得是不如從前豐潤了。這時她也不覺臉紅起来，這若是在從前，她是要嘲笑的，情形不明了這樣離不開！叫田[illegible]把嘉謨追回来就是了！

那嘆声是正合乎她的情緒的，些以她也嘆出安慰了那坐在対面的那個。兩顆心在不知覺中便接近了一些。

第二天，志清忽然肯離開她的床了，来在対面房裡，看見又只剩泓微一人，覚得非常頹意，於是便坐下来閑談，慢々不覚的兩人就說到生活上来，這是重投機。從這裡面，兩人便又找到另外一種可以混去时日的方法，因此這学校才不至再寂寞下去，且有时泓微又吩咐田[illegible]在过中时弄些好菜蔬。這好吃食自然是只她兩人的享受的，因為這时嘉謨已不在校，等[illegible]未回来时，別人又要睡覺了。而芷芸呢，連她兩人都已疑心這並不是住在此地的人，简直可以說忘記了。

九.

(34)

其实嘉瑛却更苦，她厌烦着学校，所以跑出去打牌，然而她就不厌烦打牌吗？这也是无法摆脱的吖，实在学校太寂寞了，寂寞了以给她许多空闲去想到一切的了，而她又无能再细嚼那悲苦的情绪，她是以很无忍耐，她整天便去拿那牌声，丢掉娟娟们的闲声，（她自己更闹的凶）来消磨她的时日，来吞灭她的心灵。她又学的很会敷衍家庭中的太太们了。那些人都很喜欢她，她既无派头，又大方，输了钱没有不给的，且常常代垫那中午时所用的点心钱，然而她还是没气。它是娟娟给她的，因为她发错了牌，给娟娟的嫂子和了一副三番。娟娟便责备她，她笑着了解，又说说"大嫂和了，要什么紧！你们一家人？"这使娟娟更不快活，说她既然觉得别人是一家人，打牌无味，也不是这种打法的。当时她很气，很想一逞她平日对于承淑的脾气，但是娟娟却不是好惹的，并且既来到这里，就应该忍受，看在的吵起来，像个什么样子？于是她又笑着来赔礼，不过一到中午，她就托辞承淑有了便别了那家回学校来了。

街上很热，她忘记带伞，又没坐车，额上便不止的流着汗，这使得她非常焦燥了！想起娟娟欺侮人，又伤起心来。谁能像承淑的那样能容让呢！可是她很希望赶快到学校，她将告诉承淑别人是怎样欺侮了她，她想承淑一定会给她同情的。承淑在做些什么呢，这又觉得很模糊，好像已好久没关心到她的生活了，于是她又懊悔，觉得很抱歉一样。

承淑和志清是正在吃着丰盛的午饭，志清还饮着酒，脸色微红的。两人看见无声走进来的嘉瑛了，便同声说说"刚好，来吃饭呀！"由于习惯，承淑又忙着跑起来照顾洗脸水呀，茶呀，嘉瑛却拦住她

(35)

她的手，呼了一声：

『淑珊！』（没有）

然而她在那张很熟習的臉上，找到像從前一樣所给

她的，也就是她現在此等待的，此以她又把所要說出的话咽住，

便走到窗边去找志清說话了。一股酒气便從志清口中噴人

出，於是她看見那鮮嫩的鲫魚湯，那臘肉，那滷豆腐干，那辣椒

王瓜，和杯中此刻的红色的酒，她不觉呼道。

『你們如此会享福呀！』

淑微便遞给她一碗炒飯，她看了很偏促的淑微一眼，

便推說她已吃过，不过是很粗的白糖糕，淑微又埋怨着的說

这也只是偶尔，谁叫你出去的呢？家自然还有更好的。

『好，让你們快乐吧，我是还得出去的！』

她平靜的把未做完的话說着，又走向街头去了。

剩下的兩人，听了這句话，便互相交換了一次眼光，淑微便

又劝志清还是預備升学去，既然有錢，走得動，何必又悪悪於

這自己此不顧的生活呢？

志清只哼了一声，因为她还有着她的難題在，而她欲在又

不願向人說。

嘉谟一走到街头，就躊躇起来，能走到什么地方去呢？

什么地方都觉得厭烦！於是便順着路走去，心裡很淒惘的，

眼看着兩旁的铺店的招牌，做一種消遣，是怕自己

更深深墮入那惱恨的思想中去。到商務印书館时，心想

買点信纸信封也好，便踱了進去，那裡的人們

都認識她，因为她常常来買小說，世界及音樂课本的，好几

個就站起身来，但她並認識那些人，便只觉得這

更孔还不生疏，此以她依舊很冷澀的揀了一点她

要的东西，就又出来了。

(36)

刚一走到门口，就听见有人叫唤，原来是德玲，凑巧在对门一家广货店出来，像久别了的一样，两人便紧紧的把手握住了。她只说：

“你好！都不来看看我们！现在还要什么朋友呢？”

德玲觉的也有点抱歉，不过她却也反责着：

“你们也从不来看看我的，呼！饿如我，死了！……”

“哼！谁才不会那样傻，要跑到你那儿去给你们讨厌？”

为了要证明他们是怎样欢迎着她，此以要求她怎样也要去看看人家，倒底是讨厌到什么程度。她无法拒绝，且因自己正无事，便答应了。

她觉的德玲越美好了，嫩红的面颊，显的是很美。而德玲看她则相反，疑心她正有着一点病，于是便问：

“你天天做些什么？”

她慢慢的是不觉四说：

“我么，我天天在哨哨家里打牌，今天别人说我不会打，此以只得回来了。”

“你做也一同去么？”

嘉谟听到问你做，说不出那心里的气，她是从别人为了她而叹息的，而你做却毫不能懂的她的不耐烦，她的在外面乱跑的苦衷，并且你做反很快乐的，不替未曾给与她一点同情，因此她冷笑了。

“她为什么要同着我往别人家去跑，还听那申比！她不是整天在学校里很会好吃好喝好睡的么？”

“又闹什么，反正明日就会好的。”

她把德玲当个唯一的好友，此以她介诉起来，她是不会再同你做吵，她也明白你做也不会再同她吵，并且你做对她是非常好过，她很当感激，然而现在她只是烦恼，此以她也不

(37)

耐心去在人面前求憐憫，如若假要生她的气，她是不会为自己说半句话的。

德珍觉得她很可憐，且又燃燒起那很早以前曾向她此生的一種愛好。不过她找不到一種適当的话语，可以表明自己的態度，而又不再傷她的心，只好仍舊用着那詼谐樣子，说：

"唉！不要说得太可憐了，好妹妹！"

德瑛听到了這柔声音，心反而酸起来，只想哭，但同时又觉得自己很可笑，於是便又笑了。

這笑声，在德珍听来，觉得很可怕，於是把那隻小手更握得緊了一些，调快了脚步，朝家中去。

從此她又接連的每晨走到久大精鹽公司裡去了。

不过只在第五天晚上，她又非常生恼的离了那裡。她尚直在晓罵德珍晚，然而這是德珍和明哥的好意。兩人把德瑛天天拼去玩，又有意的示意给他的一個同事，也碰去，於是四人又打着牌。那駝背的小学教员，是不会令德瑛感到着何趣味的，雖说她也並不辭来玩。但别人却不知道她只是布牌打便来的想消磨时日的。别人疑然是误会了在很不客气的在同她说话，且常常把手去觸她，肘子也碰着她肘子。連德珍也以为這撮合是的成功，此以也替别人说话，還向她说那駝子不愧为一個好教员！

她聽了，跳着脚，心便想着：哼！好教员！她又反覆的罵着德珍，难道你自己喜欢教员，我也就得嫁给教员么？她更看不起這些教员了，她想着那駝子的他是既委瑣，又卑污，僅那教着銅板的樣子就够人受了！

她是只喜欢那還沒有鬍须根兒的十八九岁的青年，她同她差不多，性情也相投。她是只夢想到会有一些不意的了

(38)

的来到。

比喻他若是有個哥々，在放假的时候，他便穿着一身雪白洋服来到，說是一切都預備好了，只催々着她動身，於是她很安闲的随着他便上了小火輪的特别艙，而且毫不感觉那行旅的麻煩和寂寞便到家了。母親是抱着她哭，弟妹們就圍繞着欢躍。她又能很细微的在享受哥々的、母親的、一切家中人的愛意。而且不要幾天，哥々的朋友們又来了，是一羣頑皮活潑，又聰明，又好看，又有学问，又有机智的少年，而且都很愛她，她也愛他們。在太陽光下，月亮下，星々下，便大家圍繞着坐起来，听風吹掉落葉，听潺潺的流水，听悦耳的鳥的歌唱，以及那些小蝴蝶們的翅子拂在軟草上的声音，於是他們就為她講述那神奇的故事，歌詠那美麗的詩句，她也為他們彈着琵琶；……以後呢，他們还是很愛她，她也愛他們，——……

實在她只有這樣想，却想不出那顶好的结局来；而且她很清白，她沒有如此一個可愛的哥々，她沒有機会去遇着那世间頂可愛的。她很着痛這只是幻想，如而她有时却又想到：我有堂哥，我有堂弟，他們都是正在外面省会研究着一些高深的学问呢，他們一定是穿着有翻领的襯衫的。於是她又想着家了，她疑心着他們已在暑假中回来了呢。

十。

想着回家，又增了许多難題，她是並未曾有着那樣一個好哥々的，两天的小火輪，一天的轎子，往日还有伴，都够怕，現在要回去，是只以一個人去照料此有的了。而船上是不限定沒有歹人，路上，孤零々的，如若轎夫就不可靠呢，怎么辦！照情景想来，无論如何若独自一人動身，則简直是不可能。一覺得回家無望，就越覺得家裡可愛了。

(39)

表哥，表弟一定已經回来，他們的家相隔只一個山坡，在清晨她一定可以站在大柳樹下的石磴上，任風吹舞她的薄衣和短髮，去等候那迎着陽光大山来的兩個俊影，風也把他們的襯衫吹得鼓起来……好像這非常福樂的境界，便離得如此之近，然而她却走不攏去，她又恨起汎淑来了。如若那时能同美姐回去，怕不是現在正和着表兄弟們把花瓣壓挾在表兄們的金装的大册书裡？於是她又非常烦闷，此以在有一天她看見汎淑正坐在中间房和志清说话的时候，她对那俊影萌生起無尽的厭恨，她一跳便站在汎淑的面前了。

"告訴你，我是要回去，請你設法吧！"

無論汎淑怎樣連自己也觉得嘉瑛之在她心上，是已很明显、的不如從前，然而好幾年了，她却是非常之爱她，体貼她过来的，現在也依然不能使她把嘉瑛置掉。她也懂得嘉瑛是在恨着她了，這恨是能再把她的心又拉向嘉瑛一些的，她寧肯接受這憎恨，這是比嘉瑛只是终日在外面跑，好像没有她一樣，能使她心裡好受些，所以她还是百般的来撫慰她，如若她真的要回去，則自己可以親自送，送到家了再一人轉来。

嘉瑛是很久却没有享有這溫柔了。這意外的结局，更使她很難过，於是她真的哭了。哭得使汎淑也駭着，只好抱着她陪着哭。她經受了別人如此的好意，便是再有脾气，也不好意思再發了。她只好又留住。

但這平和的时日是过没好久的度过三天，又起了風雲，這次她是很傷心的决计离開這裡。她發觉出，汎淑对她已是何冷淡，而志清反终日在笑着了。她很恨汎淑，又恨志清，但她並不能表露出這意思来。從前她是觉得這樣嫉妒是可笑的，現在呢，她只好忍受這嫉妒了。她若是可爱承徽，那是可以的，然而承徽竟又同别人好，则她只觉得這了是如何令人气愤。她把什么行李都清理好，且不留一些东西在学校，是表示永不再来的样子，无论承徽又怎样在笑着，她都用冷笑去回报，并且很坚决的拒绝她的伴行。

到下午，她还在清检一些什么像小小类的东西，是准第二天一清早搭早班船走的，忽的房门便推开了，进来一個四十上下很严重的太太，那是校长，在高傲的态度里带着谦和气的声音说道：

「静悄悄的，我还以为你们都出去了呢！一切好吗，我很挂念。」

看见了那又非常显着慈蔼的人，两人都不好说什么，都装着并没有发生什么了体一样。志清也走过這边来问候校长。

於是校长打开她带来的包，包里放着许多纸章和别的，她又抽出几張课程表，送给她们每個人，并非常诚恳的请求她们就課表上对於学校的意见，她又向她们说她此一切想改善的计划，她又慕谁她们的热心，又道谢她们，她说了许多话，每人便在這一刻谈话中，把什么都忘掉，都只倾心的听着那对於教育此发出的宏论。到末了，嘉暎才嗫嚅的说出她很想回去，可不可以再找個比她好的来代替她。這自然惊不着那有才的校长，而且她了解她们的非常清楚，她只留她再住几天动身。

她招生的了，便托给她们料理一下，其实這非常简单，然而她们也很忙着了。

果然，过了两天，嘉暎又不走了，她又听了校长许多好话，她觉得她走，至少是对校长不住，而承徽也愿意不再给嘉暎难过了。至于志清差自升学去，则校长

(41)

不会换留的，因为她很希望她们能如是。然而志清却始终不走，她非常怕吃苦，那读书的苦，她总觉得，她年纪已不小，而且功课又都荒疏，想考进大学去，都还得再补上两年课，等到毕業，又須六年，这时间是太長了。她只懊悔为什么早年都没想到这層。而且，她现在又常常去经营她的財產，她又觉得还是有经营的必要，因為她觉得承继是很可以陪伴她到老的了。

离开学期只有两天了，田嫂忙着打扫除学校，又请了一個短期的没生来帮她的忙。匡子和猪猪也搬来了。我们可以常常看見嘉琰又很闲適的坐在风琴边，練习國歌的譜子了。

各人都忙着預備將來教授的功课。

六芳
（留）

后记 红色文化的保护和传承——丁玲与虹口的深厚渊源

虹口，位于上海的中心城区。因虹口港而得名。在23.45平方公里的土地上，有着丰富的文化资源，深厚的历史底蕴。遗址遗迹、名人故居、优秀建筑星罗棋布、不胜枚举。2007年，时任中共上海市委书记的习近平同志来到虹口调研，给予虹口“先进文化的策源地，海派文化的发祥地，文化名人的聚集地”的高度评价。

虹口依黄浦江傍苏州河，具有得天独厚的自然资源和特殊的地理位置，注定了虹口既有辉煌的过去，也有悲壮的历史，但更能钩起人们记忆的是浓厚的文化底蕴。其中不乏世界仅存无几、国内绝无仅有的文化遗产。最让虹口人引以为荣的是上世纪二三十年代，以鲁迅为旗手的左翼文化运动在虹口孕育发展的这段光辉历史。1927年10月，鲁迅偕许广平入住景云里23号。一代文坛巨匠定居虹口，翻开了虹口文化史上辉煌的篇章。鲁迅寓居虹口近10年，在区域内留下无数的足迹，他积极投身中国共产党领导下的左翼文化运动，发起成立了中国左翼作家联盟。与许多进步人士和共产党人结下深厚友情，写下大量揭露和鞭鞑社会黑暗势力的檄文。这些作品已成为后人宝贵的精神财富。

由于虹口的地理位置及社会环境的特殊，使得瞿秋白、郭沫若、茅盾、冯雪峰、叶圣陶、丁玲、夏衍、沈尹默、内山完造等一大批进步文化人也相继入住虹口。他们或羁留于“亭子间”，或寄居在公寓、花园洋房，在十里洋场中笔走龙蛇，为文化进步和人民幸福呐喊、战斗，成为虹口百年不遇的文化奇观，从而铸就了虹口“现代文学重镇”的历史地位。这批入住虹口的进步文化人中，丁玲无疑是位充满传奇色彩和曲折经历的女子。她在平民女校和上海大学求学，她在上海发表处女作成为名噪一时的青年女作家，她在上海参加中国左翼作家联盟，成长为坚强的革命战士，丁玲与上海以及虹口有着深厚的渊源。

丁玲出生于湖南常德，父亲早逝，从小遭受封建家族的欺压，但倔强的丁玲耳濡目染了母亲自强自立的精神，接触到了进步思想，革命的种子由此埋下。在刚踏上社会寻求人生的道路中，处处碰壁，几乎处于绝境，思想精神陷入苦闷。为了宣泄自身苦恼的情绪，丁玲开始写作，1927年创作的《梦珂》《莎菲女士的日记》等作品受到《小说月报》主编叶圣陶的青睐，人生获得转机。如果说丁玲是一匹千里马，那么识得这匹千里马的伯乐就是叶圣陶，他慧眼识珠，在头版头条先后刊登了丁玲的四篇小说《梦珂》《莎菲女士的日记》《暑假中》《阿毛姑娘》。小说令人耳目一新，引起轰动，它大胆而又生动地道出知识女青年在人生道路上的迷茫和苦闷，在当时沉寂的文坛犹如投下一颗炸弹，让许多读者为之震惊，在社会上引起广泛的共鸣。尔后，叶圣陶又帮丁玲把这四篇小说汇编成《在黑暗中》短篇小说集出版，致使丁玲声名鹤起，成为文坛上一颗冉冉升起的新星。当时叶圣陶就住在上海虹口横浜路上的景云里，丁玲和丈夫胡也频多次来到景云里拜访请教。

1930 年 5 月，丁玲加入中国左翼作家联盟，成为鲁迅旗帜下一位具有重要影响的左翼作家。1931 年 2 月 7 日，左联五烈士之一的胡也频牺牲，丁玲擦干眼泪，在严重的白色恐怖中，她无所畏惧，接受中共党组织安排，出任左联机关刊物《北斗》主编，利用自身文坛影响力，为扩大左翼文学运动的影响，发挥独特作用。1932 年加入中国共产党，担任左联党团书记。创作出版《韦护》《水》《母亲》等重要作品。

1933 年初，丁玲搬到了虹口昆山花园路 7 号，她在这里创作了短篇小说《奔》、散文《我的创作生活》，并和鲁迅、茅盾、郁达夫等九人发表《为横死之小林遗属募捐启事》。同年 5 月，丁玲在寓所遭国民党特务绑架，幽禁南京。鲁迅一度以为丁玲被害，写下了《悼丁君》。后经中共党组织帮助，丁玲逃离南京赴陕北革命根据地。她从一位小姐蜕变成武将军，以一支“纤笔”，所向披靡成就文学事业。

从鲁迅故居到“左联”成立会址，从景云里到丁玲寓所……处处散发出浓郁的历史文化气息。构成虹口近代百年独特的文化奇观，铸成虹口历史上最辉煌的篇章。他们生活、工作过的寓所、遗址已成为后人瞻仰和缅怀的纪念场所。1951 年上海鲁迅纪念馆成立，是新中国建立后第一个人物类纪念馆。20 世纪 80 年代末，在上海鲁迅纪念馆的指导帮助下，虹口区筹建了“中国左翼作家联盟会址纪念馆”，并由原上海市委书记、左联盟员夏征农题写馆名。“鲁迅”与“左联”之间关系密切，在中国现代文学研究和红色文化宣传、革命传统教育中缺一不可。因此，在中国左翼作家联盟会址纪念馆成立 30 多年来，一直与上海鲁迅纪念馆保持密切联系，两馆一起开展过许多纪念学术活动，在社会上产生较大影响。

习近平总书记指出，“要重视文物和文化遗产保护传承工作”，“要让更多文物和文化遗产活起来”。整理由上海鲁迅纪念馆收藏的《梦珂》《莎菲女士的日记》《暑假中》手稿以及手稿作者丁玲的故事，正是作为当下传承红色文化鲜活的材料，也是对于左联盟员研究的一个重要学术基础工作。值此中国共产党召开第二十次代表大会之际，同时为纪念丁玲在中国左翼文艺运动发展方面的杰出贡献，上海鲁迅纪念馆、中国左翼作家联盟会址纪念馆联合出版《丁玲小说手稿三种（影印本）》，以飨各位读者。

中国左翼作家联盟会址纪念馆馆长

2022 年 6 月 15 日